Édition : BoD - Books on Demand, info@bod.fr
Impression : BoD - Books on Demand, In de
Tarpen 42, Norderstedt (Allemagne)
Impression à la demande
ISBN : 978-2-3225-4147-8
Dépôt légal : Juillet 2024

L'ambition secrète d'Hugo

****

Audrey Bataille

Roman

*Les grands hommes ne naissent
pas dans la grandeur,*

ils grandissent.

Mario Puzo

Chapitre 1

Août 2022, ville de Vienne, en Isère.

— Je monte à Paris.

C'est comme cela qu'Hugo Legrand, 23 ans, annonça à ses parents sa nouvelle vie. Au beau milieu de la cuisine, pendant un petit-déjeuner ordinaire où ses parents, Céline et Michel Legrand, trempaient leur tartine beurrée dans le café noir.

Un matin d'été qui démarrait bien, pourtant. En effet, les deux quarantenaires, tout juste en vacances pour trois semaines appréciaient de prendre le premier repas de la journée ensemble. C'est une chose qui n'arrivait jamais le lundi, habituellement.

Céline, femme de ménage dans un supermarché, quittait le domicile tôt afin d'assurer la propreté du magasin avant l'arrivée des clients. Michel, quant à lui, agent de production dans une entreprise exportant des bouteilles de lait, pratiquait des horaires d'équipe.

Ils espéraient passer ces trois semaines paisiblement, à reposer leurs carcasses épuisées par un travail physique, mal rémunéré et non valorisé. Pas de vacances n'étaient prévues cette année. Comme beaucoup de familles modestes, l'augmentation du coût de la vie avait affecté leur quotidien et en faisant leurs comptes, ils durent se résoudre à garder leur budget pour réparer les appareils électroménagers et entretenir le monospace plutôt que de gaspiller l'argent à partir se ressourcer quelque part.

D'autant plus que les études du deuxième garçon de la famille, Maxime, 21 ans, étudiant à Lyon en ingénierie, diminuaient considérablement le portefeuille familial.

Ce jour, de toute évidence, c'était l'aîné de la famille qui venait perturber la quiétude matinale. Et ce n'était pas une histoire d'argent.

— Qu'est-ce qui te prend, t'as vu un reportage à la télé sur la capitale ? s'amusa Céline.
— Non, je suis sérieux, je veux aller tenter ma chance à Paris !
— C'est quoi ton talent ?
— Pas besoin d'avoir un talent, il y a forcément plus d'opportunité qu'ici pour travailler.
— En même temps, tu ne cherches pas ici, lâcha son père en se levant de table pour débarrasser son bol.
— Il n'y a pas que ça. Je me sens mort ici, y'a pas de vie... je veux vivre !

Hugo n'avait pas été un élève brillant. Après avoir passé les épreuves du baccalauréat qu'il avait, d'ailleurs, loupées, aucune activité professionnelle n'avait trouvé grâce à ses yeux et surtout, d'après ses parents, il demeurait soit trop fainéant soit trop réservé pour affronter une vie responsable en tant qu'adulte.

Enfant, en primaire, il traînait dans les couloirs et dans la cour les yeux vers le sol, les bras croisés. Complètement fermé au monde, la solitude avait rallongé ses journées d'école de façon atroce. Trop chétif pour jouer au foot avec les garçons et trop timide pour parler à une fille, son enfance avait été quelque peu gâchée par un manque de confiance en lui. Cette absence d'allégresse ne l'avait pas pour autant poussé à s'instruire davantage ou à pratiquer une activité solitaire comme la lecture, le sport ni même les jeux vidéo.

Au grand désespoir de ses parents, Hugo n'a pas poursuivi ses études et en plus de cela, depuis ses 18 ans, il passa ses journées à végéter et à attendre que le restaurateur du coin l'appelle pour le service du soir.

Mais si une chose avait changé depuis la primaire, c'était bien son physique. Le petit garçon maigrichon et voûté avait laissé place à un homme magnifique de 23 ans.

Depuis la fin de son adolescence, sa figure s'était masculinisée par des maxillaires carrés laissant paraître un creux, au niveau des joues, qui lui conférait une allure très virile. Seul ce détail aurait pu suffire à le qualifier de ''beau'', mais ça ne s'arrêtait pas là. Ses deux yeux d'un bleu glacial, réchauffés par une large frange de cils foncés lui donnaient un regard angélique et sexy à la fois. Les sourcils, épais comme il le fallait, sublimaient ses expressions faciales et juste au-dessus ressortait son front dans les proportions qu'il fallait afin que le visage soit suffisamment osseux pour posséder des traits masculins, mais pas en excès à l'instar de Quasimodo.

C'était donc cela un joli visage : un assemblage de proportions scientifiques, qui permettait une harmonie parfaite. Tout semblait idéal, de ses cheveux châtain foncé à son menton carré. Sa barbe légère assombrissait sa peau claire et le sexualisait davantage. Et lorsqu'il riait, ses dents impeccablement alignées et de taille parfaite, mais sans effet clinquant, provoquaient chez les autres une réponse similaire immédiate. Il était difficile de lui résister... Les femmes comme les hommes d'ailleurs... Ces derniers ne ressentaient pas de jalousie. Ils se laissaient impressionner comme des esthètes découvrant une œuvre d'art.

Hugo possédait en plus de sa beauté, de l'humilité. Il n'énervait pas les gens, il les captivait. Les harmonies parfaites étaient, certes, un atout, mais il bénéficiait aussi d'une grâce naturelle. Il souriait délicatement. Ses gestes étaient aériens et il parlait calmement avec une voix déjà un peu caverneuse, malgré son jeune âge. Il s'habillait simplement et élégamment et son corps, fidèle à son visage, était bien proportionné. Grand et fin, muscles dessinés sans pratique physique régulière, on le qualifiait tantôt de « mannequin », « belle gueule » et par ses semblables : « beau gosse ».

Hugo avait eu du mal avec ce changement soudain. Passer d'un physique de garçon ordinaire à une véritable silhouette d'acteur souleva, chez lui, une question : « Pourquoi ces filles qui ne me regardaient jamais avant, attendent devant chez moi ? »

C'était sa nouvelle vie. Il avait un véritable fan club auprès des femmes du coin et sortir avec lui semblait être vu comme un accomplissement.

Au début de sa transformation physique, le fait de pouvoir fréquenter les plus belles filles, lui avait permis de connaître les femmes, d'une part et de prendre confiance en lui. En effet, toutes les beautés inaccessibles du temps de son allure banale se jetaient, à présent, sur lui. Il tira profit de cette situation quelques mois, mais cela fini par le lasser.

Se rendant compte que ces filles ne le côtoyaient que pour ses attraits, il évita rapidement son fan club, lui ôtant l'espoir de jouir d'une certaine notoriété.

Ses parents aussi furent surpris par sa métamorphose. Eux qui présentaient des traits banals dans la famille : de la grand-mère au tonton en passant par la cousine et même son frère, Maxime ! Ils portaient tous un physique ordinaire. Loin d'être vilains, avec chacun quelques atouts, mais non réunis en une personne à l'image d'Hugo. À croire que les meilleurs gènes de ses ascendants s'étaient rassemblés en lui.

Cela restait tout de même un sujet tabou dans la famille. Il était inutile d'éveiller des jalousies avec son frère, Maxime, à l'allure fade.

Sans l'exprimer verbalement, Céline pensait que son fils aîné choisissait d'aller à Paris pour passer toutes sortes de castings de publicité, de mannequinat et pourquoi pas d'acteur.

— Et tu vas aller où ? lui questionna sa mère.
— Je m'installerai à l'hôtel quelques jours et je verrai par la suite.
— Avec quel argent ?
— J'ai un peu de côté avec les extras au restaurant.
— Tu sais qu'il faut manger aussi ?
— J'aurai assez… et je pars demain !

Ses parents se regardèrent et Céline trouva l'idée de leur fils démesurée pour un garçon qui ne connaissait presque rien à la vie. Serveur occasionnel dans un restaurant au centre-ville, il n'appréciait pas ce travail et mis à part cela, il ne s'était jamais occupé de lui-même. Si bien que, se faire à manger, faire des lessives et entretenir son habitat, étaient pour lui, des choses qui se faisaient toutes seules. Céline, mère attentionnée, avait maintenu cela, à tort peut-être.

Hugo gagna sa chambre. Ses parents se retrouvèrent seuls dans la cuisine.

— C'est peut-être bien pour lui, ce sera une expérience. Il reviendra vite à mon avis, mais ça lui servira de leçon, annonça le père.
— Mais tu te rends compte qu'il ne sait rien faire de ses dix doigts ? Il n'imagine pas dans quoi il s'embarque !
— Justement, laisse-le faire. Pour une fois qu'il exprime une envie. S'il ne part pas, il va faire quoi ici ? Deux soirs par mois au restaurant quand le patron a besoin de lui et sinon, quoi ? Rester planqué dans sa chambre ? Non, pour une fois, je trouve que ton fils a une idée lumineuse.

Céline se disait que si Michel approuvait le choix d'Hugo, alors elle se sentirait coupable de ne pas le laisser partir. Son fils était majeur depuis plusieurs années et elle manquait d'argument pour le retenir. Elle dut se résoudre à accepter sa volonté.

Le lendemain, Hugo se tenait dans l'entrée de la maison familiale avec un seul sac posé sur le tapis. Il dit au revoir à ses parents et à son frère Maxime. Ce dernier, ému, cachait une légère jalousie au fond de lui. Il trouvait son frère audacieux et se disait qu'il n'aurait pas eu le même courage.

Hugo partit dans sa petite voiture vert foncé direction la gare de Vienne.

Chapitre 2

Dans le train qui le menait à la gare de Lyon de Paris, il regardait le paysage comme une fresque qui l'emmenait tout doucement vers une nouvelle ère, laissant le passé ennuyeux derrière lui.

Hugo n'avait qu'une idée en tête en décidant d'aller à Paris : faire fortune !

Sa métamorphose récente avait fait naître en lui la possibilité de faire de son visage son gagne-pain. Il l'avait vu dans les médias : être beau, ça pouvait rapporter gros ! Rares étaient les stars au physique ingrat possédant des yachts et résidant dans des villas de luxe. Il remarqua que la beauté s'associait à la réussite. Il avait vu cela dans le regard que les gens posaient sur lui. Seulement, sa jeunesse et sa naïveté idéalisaient cette pensée.

Il refusa d'avouer son désir de gloire à ses parents, car il savait, au fond de lui, que son objectif pouvait l'amener à mal se conduire. Il ignorait tout du comportement à adopter à Paris, comment se faire des relations et jusqu'où fallait-il aller pour réussir. Il se sentait capable de tout, même des pires choses. Ainsi, loin de ceux-ci, il aurait la liberté d'agir sans leur désapprobation.

Une deuxième chose l'obsédait outre l'argent, c'était l'oisiveté. Ses parents n'avaient pas tort en pensant qu'il était fainéant. C'est vrai qu'il l'était. Du moins, sa vie actuelle ne lui avait encore pas permis de trouver une occupation assez intéressante pour le combler et l'enthousiasmer.

Dans le train, il ne savait pas ce qui l'attendait. Ayant menti à sa mère sur sa réservation d'hôtel, il ignorait où il passerait sa première nuit parisienne.

Il avait tout de même choisi son lieu de résidence. Sur vingt arrondissements possibles, son choix se portait sur le septième. Parce qu'il avait vu que ce quartier était un des plus riches de Paris et que s'il souhaitait devenir fortuné, autant commencer par côtoyer des gens qui l'étaient.

Complètement fauché, avec quelques pièces en poche, il ne possédait, en fait, aucune économie liée à ses extras au restaurant de Vienne. En réalité, il n'avait pas beaucoup réfléchi. Seule sa quête comptait. Pour le reste, il se débrouillerait.

Douzième arrondissement de Paris, gare de Lyon.

Sortant du train, noyé entre tous ces gens qui vont et qui viennent, il semblait perdu. La tête baissée sur son Smartphone captant Google Maps pour être certain de ne pas louper la ligne 14 du métro de la gare, bousculé par la foule qui, contrairement à lui, semblait savoir où se diriger, il connut ses premiers instants de solitude parisienne. Tant de monde et pas le moindre intérêt porté aux autres. *D'où peuvent venir tous ces gens* pensa-t-il.

Il leva la tête pour essayer de trouver des indications concernant la station de métro qu'il avait notée lorsqu'il traça son itinéraire avant de partir. C'était peine perdue. C'était comme si toutes les personnes qui venaient devaient déjà connaître les lieux. Ce qu'il trouva aberrant pour une gare. Demander de l'aide pour trouver son chemin aux inconnus était proscrit ! Il pouvait sentir leur indisponibilité sur leur visage fermé et dépourvu d'expression. Dans cette gare, ce n'étaient pas des gens qu'il croisait, mais des véhicules non motorisés à allure humaine.

N'arrivant plus à jongler entre son téléphone et la foule à éviter, il finit tout de même par apercevoir ''ligne 14'' au loin. Il descendit les escalators et put tester le métro parisien pour la première fois de sa vie. Il y vit toutes sortes de gens.

De la pauvreté marquée aux richesses exposées. Tout le monde se confondait. Les nationalités se mélangeaient et dans ce brassage culturel où il entendit toutes sortes de langues, de l'espagnol à l'arabe en passant par le chinois, il se dit qu'il serait bien ici. Les personnes excentriques vivaient en paix à la capitale. Il remarqua des looks très recherchés sur certaines personnes sans que cela dérange le tout-venant. Hugo, malgré sa beauté, pouvait se tenir debout face à de nombreuses femmes sans qu'elles le regardent avec insistance. Elles l'avaient remarqué, il s'en était inquiété d'ailleurs. Mais il demeurait tranquille, tenant la barre du métro qui le menait à la station Madeleine.

À Vienne, toutes les filles ou presque le connaissaient et ne l'auraient pas lâché des yeux une seconde. C'est aussi peut-être cela qu'il fuyait inconsciemment.

Il dut être attentif pour ne pas manquer le changement de station.

Arrivé à la station Madeleine, il reprit le métro, ligne 8.

Station des Invalides, septième arrondissement de Paris.

Sortant du tube, il se dirigea dans le couloir du métropolitain sans savoir encore où aller. Il vit un homme qui chantait du blues. Il s'arrêta. Le musicien, d'environ 25 ans, dégageait de la sympathie. Guitare à la main, le son sortant de ses cordes vocales exprimait, toutefois, de la mélancolie et enveloppait d'empathie l'assistance. C'était comme si le public était témoin d'une personne en souffrance et qu'il l'applaudissait.

Hugo décida de rester un peu là, malgré la chaleur étouffante du métro en plein mois d'août. De toute façon, il n'avait rien d'autre à faire. Le bluesman à voix rauque était coiffé d'un chapeau en tissu brun foncé. Cheveux noirs dépassant légèrement, teint hâlé et vêtu d'une chemise bordeaux imprimée de petits saxophones dorés, jean noir assez serré et baskets de couleur vert foncé avec liseré jaune, on pouvait dire que dans le genre original, le provincial avait déniché la perle rare.

Hugo, ne s'étant jamais réellement intéressé à la musique ne pouvait dire si le morceau interprété par cet inconnu existait déjà ou faisait partie de sa composition. Les autres curieux autour s'arrêtaient brièvement, prenant au passage, un peu d'âme du guitariste et allégeaient leur contrariété du métro pour quelques minutes.

Le chanteur avait, devant lui, un chapeau en cuir retourné. Quelques pièces se superposaient à l'intérieur. Certains passants, même sans s'arrêter pour écouter, y jetaient de la monnaie. Pas un seul billet déposé. Hugo pensa, à cet instant, que cet homme, malgré son statut de Parisien, n'avait pas trouvé le secret d'une richesse rapide… bien que doté d'un talent évident.

Absorbé par les doigts de l'inconnu pinçant ses cordes de guitare, Hugo fut soudainement ramené à la réalité par une tornade humaine. Un adolescent passa devant lui à vive allure, s'enquerra du chapeau contenant le salaire du musicien et fila vers la sortie du métropolitain. Hugo, sans réfléchir, suivit le voleur. Traversant le couloir tout en évitant les passants, Hugo réussit à rattraper le jeune garçon qui, essoufflé, ne chercha pas davantage le conflit et lui rendit le chapeau.

Bien que non-concerné, il ne supportait pas cet agissement. Il fit la morale à l'adolescent tout en le tenant par le col. Le musicien apparut à leur hauteur.

— Merci mec, mais tu sais ça arrive presque tous les jours, t'as pas fini de te fatiguer. Ceci dit je te veux bien comme garde du corps !
— C'est insupportable de travailler pour rien. Tu acceptes ça ?

— C'est l'habitude… Tu ne viens pas d'ici manifestement !

— J'arrive d'une petite ville près de Lyon.

Le jeune délinquant profita de la conversation pour partir, Hugo ayant lâché son col pour prioriser sa discussion avec le mélomane.

— Et ne reviens plus ! cria Hugo pour faire peur une dernière fois au voleur du métro.

— Tu ne lâches pas l'affaire, t'es coriace ! Merci en tout cas, je te suis redevable. Moi, c'est Fab !

— Fab comme Fabrice ?

— Non, comme Fabrizio ! Mon accent italien n'a pas dû t'échapper !

— Enchanté Fabrizio, moi c'est Hugo.

Ils se serrèrent la main et dans leurs regards, une lumière s'éclaira. Fab vit en Hugo la simplicité du provincial et Hugo vit en Fab la débrouillardise du Parisien.

Tout en quittant le métropolitain, Fab, guitare accrochée au dos, questionna Hugo.

— Et tu vas où avec ton sac de randonneur ?

— Je l'ignore, sourit Hugo, les yeux baissés, gêné de devoir raconter qu'il était parti sans savoir où aller.

— Hum… je m'en doutais. Tu vas venir chez moi.

— C'est gentil à toi, mais je ne voudrais pas te déranger.

— Je t'ai dit que je t'étais redevable. Et j'ai assez chanté, je dois me reposer pour le service de ce soir.

— Le service… ? T'es serveur, en plus ?

— En plus de quoi ? Bienvenue dans la galère parisienne, mon pote ! Ici, c'est marche ou crève ! T'es dans le septième arrondissement qui puis est. C'est hors de prix, mais dans le métro les gens sont plus généreux.

— Tu rigoles ? T'as récolté quoi ? Sept euros ?

— Tu sais, ce n'est pas la première fois qu'on essaie de me voler ! Alors, toutes les trois ou quatre chansons, je prends l'argent du chapeau et je le mets dans ma poche. Regarde…

Fab ouvrit la poche de son jean et Hugo vit, qu'effectivement, le métro rapportait. Remplie de billets et de pièces, Fab avait gagné environ 80 euros en deux heures de temps.

— Je crois que mon père ne gagne pas cela en une journée, remarqua Hugo.

— Oui, mais ton père ne vit pas dans le septième ! On arrive chez moi. Tu ne feras pas attention, y'a Agathe qui doit être là.

— C'est ta copine ?

— Non, moi je suis homo… Mais ne t'inquiète pas, je ne te mettrai pas la main au cul. Tu n'es pas mon genre…

Fab plaisantait naturellement. Qui ne serait pas attiré par le jeune provincial.

Hugo, amusé par ce qui lui arrivait ne se posa pas de question. Sentant la générosité et la sincérité de Fab, il n'hésita pas non plus à le suivre.

Arrivés sur le perron de l'immeuble, rue Saint-Dominique, ils passèrent une large porte en fer forgé et montèrent les escaliers étroits qui les menaient au troisième étage, appartement numéro 34. Fab mit plusieurs secondes à trouver ses clés entre ses poches pleines et la gêne qu'occasionnait sa guitare accrochée sur son dos. Il ouvrit enfin la porte.

Hugo découvrit un appartement parisien dans toute sa splendeur. Cette espèce de loft construit dans une vieille bâtisse possédait des charmes d'avant-guerre. Les fenêtres extra larges à allège basse, les murs blancs avec moulures horizontales assorties à la fausse cheminée, la hauteur sous plafond d'au moins deux mètres quatre-vingt et le parquet en chêne, contrastaient avec le mobilier moderne et dépareillé qui trônait dans la pièce à vivre. Dans ce que Fab appelait l'entrée, Hugo vit plusieurs petits chapeaux superposés. En réalité, l'entrée n'était qu'un meuble attenant à la porte de l'appartement. Tout semblait désordonné, mais vivant, en mouvement. Un livre ouvert sur la table basse attendait son lecteur. Une veste pendait à une chaise prête à être enfilée, un verre à moitié vide oublié momentanément occupait la table de la cuisine. En un coup d'œil, Hugo fit le tour de la pièce principale.

Son regard fut naturellement attiré par la prétendue Agathe, étendue sur le canapé deux places bleu canard. Elle était assoupie et dans ses bras croisés se trouvait un coussin doré. Une étagère séparait le canapé des deux fauteuils placés devant une des immenses fenêtres. Un lampadaire dominait le tout.

Fab fit visiter l'appartement de 35 mètres carrés. Hugo fut surpris par la contiguïté que subissaient les deux colocataires. Deux minuscules chambres pour refuge, une salle de bain mitoyenne pour l'hygiène et une pièce principale pour le reste. Fab se dirigea vers l'évier de la cuisine, se lava les mains et servit deux verres d'eau. Assis à la minuscule table à manger du loft, Hugo fit part à Fab d'une remarque.

— Comment vous faites pour vivre comme ça, aussi serré ?
— Question d'habitude… C'est Agathe qui loue l'appart à la base, mais sans moi, elle ne pourrait pas le payer. En plus, le proprio nous fait chier tous les

mois pour le loyer. Enfin, ce n'est plus un emmerdeur à ce stade, c'est un harceleur… et il est de mauvaise foi, il trouve toujours un truc pour nous soûler et il nous menace, ce con ! Enfin… pour répondre à ta question, c'est clair que l'appart est petit. Ça demande de l'organisation, mais moi ça va je respecte l'intimité des autres, ce n'est pas comme Agathe…

Fab, un brin provocateur, avait vu que celle-ci commençait à se réveiller et saisit l'opportunité de la question d'Hugo pour l'agacer.

Habituée à cela, elle se leva et lui lança le coussin qu'elle tenait lors de sa sieste. Fab, se baissant pour éviter le projectile, en rigolant ajouta à Hugo :

— Tu vois, elle est intenable ! Aucun respect !

Agathe, tout en faisant la moue, alla direction la cuisine qui, de toute évidence, était à quelques pas du canapé. De dos aux garçons, elle se fit couler un café. Elle s'installa ensuite à leurs côtés.

— T'as encore ramené quelqu'un ? Pourquoi les plus beaux mecs sont toujours homos… dit-elle en remuant sa tasse.

— Et non, ce n'est pas pour moi. À moins que tu sois homo, Hugo ?

— Non je ne le suis pas, répondit-il en regardant
  Agathe.

Elle lui plaisait. À son âge, tous les cœurs étaient sur le
marché. Les garçons appartenaient aux filles et vice-versa.
La drague était permise et un seul regard suffisait à dire
« si tu es libre viens avec moi et si tu n'es pas libre, viens
quand même avec moi ! »

Agathe déchiffra très vite ce code lié à sa jeunesse.
Âgée de 22 ans, elle possédait le même langage corporel
qu'Hugo.

Cheveux châtains, au carré, ondulés et brillants, visage
rond et grands yeux bruns en amande, elle ressemblait à
une poupée. Petite avec quelques formes, elle ravissait
Hugo par sa beauté naturelle. Fab interrompit le jeu de
regard.

— Tu chantes ce soir ?
— Oui… et toi tu bosses ?
— Ouais, c'est pour ça que je suis rentré. Va falloir que
  je dorme un peu.

Agathe et Fab expliquèrent à Hugo leurs soirées
parisiennes. Tous les deux au service d'un bar du quartier,
lui, servait et elle, chantait.

— Vous êtes chanteurs, tous les deux ?

— Oui, répondit Agathe, Fab ne fait que servir pour l'instant, mais il se peut que bientôt, on se relaye pour les chants.

— Le patron veut un chanteur tous les soirs. Moi, je commence seulement en tant que serveur dans ce bar, mais il veut m'écouter chanter et il décidera s'il me prend ou pas, précisa Fab.

— C'est super, vous serez peut-être célèbres à terme, c'était génial dans le métro ce que tu jouais. C'est ta compo ?

Fab se mit à rire.

— Non, mon pote… c'était *d'Eric Clapton*. Tu sors vraiment de ta campagne, ma parole, tu ne connais pas *Eric Clapton*, sérieux ?

— C'est un truc de vieux, non ?

— C'est de la culture, mon gars ! lâcha un Fab amusé.

— Et vous êtes nés à Paris ?

— Moi oui, répondit Fab.

— Pas moi, je suis venue pour le chant, ajouta Agathe, je cherche un producteur.

— Je te le souhaite, dit Hugo de façon polie tout en quittant sa chaise.

Hugo les remercia pour leur accueil et leur indiqua qu'il allait faire le tour du quartier, voir où il pourrait passer la nuit.

— Ah bon, tu pars comme ça, d'un coup, alors que je t'offre l'hospitalité ! Non, non et non ! Toi, tu restes là ! Beau comme tu es, tu vas te faire harceler. La nuit, c'est la jungle ! Tu dormiras sur le canapé et ce soir, tu viens avec nous au bar. Je te présenterai le patron, je suis sûr que si tu ne fais pas trop ton couillon, il te prendra à l'essai, imposa Fab avec sa générosité habituelle.

Hugo, bien que gêné, accepta volontiers. Il faut dire que Fab avait du charisme et il était difficile de s'opposer à lui.

L'italien lui indiqua où poser ses affaires. Ce fut rapide. Hugo n'étant venu qu'avec quelques vêtements, une brosse à dents et un rasoir, il n'encombra pas davantage l'appartement exigu.

Fab s'excusa et s'éclipsa dans la chambre pour se reposer avant le service du soir. Agathe et Hugo se retrouvèrent seuls. Elle l'invita à s'installer sur le canapé. Elle alluma la télévision. Un film italien se jouait avec les sous-titrages en français annotés au bas de l'écran.

— Il nous fait chier avec ses films en italien, disait Agathe en changeant précipitamment la chaîne.
— Il regarde toujours des films en italien ?
— Oui, il a l'accent, mais il ne sait pas aligner trois mots, ça le complexe.

— Il n'a jamais parlé cette langue ?

— Non, ses parents ont toujours parlé français avec un fort accent italien. Fab a simplement hérité de cet accent.

Chapitre 3

Rue de Grenelle, devant le café MACCHIATO.

Agathe rangea sa trottinette dans une petite remise attenante au bar. Fab fit de même. Hugo, qui était monté sur le bolide d'Agathe pour le trajet, fut complètement dépaysé par la balade à vive allure. Le vent avait fouetté son visage, mais ne l'avait pas empêché d'observer les Parisiens dans leur quotidien. Du monde partout, dans tous les coins, des gens marchant et traversant n'importe où avec des boissons à emporter, des livreurs de pizzas en scooter ou à vélo qui doublaient les voitures par la gauche et par la droite, des mitrailles de klaxons, des ambulances qui slalomaient entre les insultes des conducteurs. C'était vivant. Hugo, bien qu'étonné, garda le sourire pendant les quelques centaines de mètres parcourus entre l'appartement et le bar.

Hugo remarqua un bâtiment énorme à deux pas du débit de boissons.

— C'est une entreprise ?
— Oui, c'est VENUS COSMETIC.
— Le maquillage ?

— Oui et tous les autres produits de beauté, précisa Fab. Agathe en a plein la salle de bain, c'est l'invasion.

— Ce sont les meilleurs produits, répondit-elle, agacée.

Ils rentrèrent tous les trois dans ce bar chaleureux et coloré. Des affiches étaient placardées sur les murs montrant des stars du passé, notamment des figures du rock'n'roll. D'autres cadres évoquaient des instruments de musique et une grande sculpture représentant un saxophone trônait au fond de la salle là où les chanteurs en herbe venaient exposer leurs voix et ravir les clients. Dès l'entrée, un petit escalier de trois marches les faisait s'enfoncer dans ce lieu comme si, une fois descendu, ils se devaient d'y rester. Fab commença le service, illico.

Agathe, quant à elle, prenait toujours un verre avant d'entrer en scène. Le patron ne les engageait pas à la même heure, mais ils avaient pris l'habitude de partir ensemble. Ainsi, Agathe profitait du bar pour se détendre et pouvait prendre le temps de discuter avec quelques fans, venus exprès pour elle, et rencontrer éventuellement un producteur ou une connaissance d'un producteur qui la remarquerait et ferait évoluer son mode de vie actuel. Ce soir, elle profita d'Hugo. Installés tous les deux au bar et servis par Fab, ce dernier ne manqua pas de parler au patron.

— Marcel, tu vois le gars au bar qui m'accompagne ? Il cherche du boulot.

— Il veut bosser ici ? Il a plutôt l'air d'un mannequin.

— Il vient d'arriver sur Paris, il a besoin d'argent.

— Ok, il peut commencer demain, il te remplacera, dit Marcel, railleur.

— Joue pas ta folle, Marcel, tu sais bien l'effet que ça me fait !

Marcel, le patron du MACCHIATO, la cinquantaine, l'haleine fétide, appréciait Fab. Il s'était fait avoir, comme beaucoup, par la spontanéité du jeune barman. Ils pouvaient se parler librement. Fab osait toutes sortes de fantaisies. Homosexuel assumé, il avait cependant bien compris que l'autodérision facilitait l'acceptation de son orientation sexuelle.

Fab, chargé d'un plateau contenant bières et sodas, chuchota discrètement à la hauteur de l'épaule d'Hugo.

— C'est bon, tu commences demain !

Hugo éleva son regard vers Marcel et le vit lui faire un clin d'œil alors qu'il essuyait un verre. Il ne savait pas si travailler ici serait une bonne idée. Serveur, il l'avait été et il ne le souhaitait plus. Mais, force est de constater que Céline et Michel, ses parents, n'étaient plus là pour gérer la partie financière et hôtelière et qu'il se devait de gagner très vite de l'argent d'une façon ou d'une autre. Il avait trouvé deux amis, ce n'était pas rien. Rester avec eux semblait être la meilleure option pour le moment.

Agathe détendit les esprits en montant sur la petite scène du fond de la salle. Sa robe verte, les ondulations de son corps et sa voix chaude et nuancée firent chavirer Hugo. Elle enchaîna les standards du rock. Elle pouvait tout chanter. Hugo observa les clients du bar et constata qu'ils étaient envoûtés par ses interprétations tantôt douces, tantôt agressives. Elle restait, cependant, gracieuse en tout temps. Cela paraissait facile pour elle. Fab s'installa deux minutes à côté d'Hugo.

— Alors, elle déchire, hein ?
— Elle est incroyable, dit Hugo, fasciné.
— Tu ne craquerais pas un peu, toi ?
— …
— T'es amoureux ?

Hugo fit un sourire gêné. Il était ébloui par la jeune femme. Cependant, bien qu'ayant enchaîné les relations charnelles à Vienne, les sentiments amoureux lui étaient étrangers. Il faut dire que ses anciennes conquêtes ne lui vouaient de l'intérêt que pour sa plastique de rêve. Aucune déclaration d'amour n'avait été prononcée avant, pendant, ni même après l'acte en question. Si bien que ses réactions vis-à-vis des femmes ressemblaient à celles d'un adolescent débutant dans l'apprentissage des codes des sentiments les plus intimes. La voir chanter et distinguer ses formes, remuer gracieusement créant des plissures sur sa robe suggestive et sexy, lui suffisait à s'imaginer l'amener dans son lit. Bien que charmé par ses courbes, son talent de chanteuse participait, en grande partie, à son engouement envers elle.

C'est une diva, pensa-t-il.

Il faut dire que dans son entourage, il ne connaissait pas de talent de cette envergure. Fab possédait également une voix incroyable. Avoir rencontré deux personnes aussi talentueuses alors qu'il venait d'arriver à Paris lui donna la confirmation que c'était bien ici que tout était possible.

De retour à l'appartement n°34, Hugo s'installa sur le canapé qui lui servirait de lit tandis qu'Agathe occupait la salle de bain. Fab se mit assis à côté d'Hugo et commença à visionner son film italien sous-titré. Il répétait certains mots entendus et semblait concentré. Hugo, épuisé de sa journée, s'endormit en position semi-assise, bercé par les sons monocordes d'apprentissage, qu'émettaient Fab.

Le lendemain matin, Hugo se réveilla de bonne heure. Les volets n'ayant pas été descendus la veille, la lumière et la chaleur de l'été l'aveuglaient. En position allongée, il baignait dans des morceaux de chips. Fab avait dû en grignoter pendant ses « cours d'italien » de la veille. Il retrouva un sachet bien entamé sur la petite table, qui séparait le canapé de la télévision. Il était 9 heures. Sa mère l'avait appelé de nombreuses fois. Il la contacta.

— Allô !
— Oui, salut Hugo. Ta nuit s'est bien passée ?
— Oui, très bien, je suis à l'hôtel.

Fab ouvrit la porte de sa chambre. Complètement nu, il chantait très fort comme un ténor dans un opéra.

— Chut, la ferme, chuchota Hugo en dissimulant le téléphone contre lui.
— Quoi, t'as peur que ta copine sache que t'as passé la nuit avec un homme ?
— Ce n'est pas ma copine, c'est ma mère !!!
— Oups…

Hugo reprit la conversation avec Céline.

— Tu es avec quelqu'un ?
— Euh… non du tout, c'est un autre client de l'hôtel, je descends prendre mon petit-déjeuner. Je te laisse, le bonjour à papa et à Max !
— Au revoir, n'oublie pas de me donner des nouvelles.

Fab se dissimula derrière la table de la cuisine de peur de se prendre un coussin en pleine tête. Il était habituel, dans cet appartement, de voir des projectiles voler dans la pièce. Et surtout, Fab était joueur et n'attendait que cela.

C'était sans compter sur Hugo, de nature calme, qui riait plutôt de la situation. Le jeune franco-italien se servit un bol de céréales chocolatées, y ajouta du lait et vint s'asseoir près d'Hugo sans aucune pudeur. Naturellement, sans demander si cela gênait, il remit la suite de son film italien.

> — Non, mais c'est toute la journée que tu regardes ça ? demanda Hugo, moqueur.
> — *Lasciami in pace* !
> — Et tu te promènes toujours tout nu ?
> — *Guarda il mio culo*, dit-il en décollant son postérieur vers Hugo.

Hugo, ne comprenant pas l'italien, devina tout de même par le langage non verbal de Fab qu'il ne comptait pas excuser son indécence.

Agathe rejoignit ses deux colocataires. En tenue très légère, elle attira l'œil d'Hugo. Leurs regards se croisèrent et elle en profita pour surjouer sa démarche. D'ordinaire voûtée, aujourd'hui, elle se tenait étrangement droite et forçait ses formes à se cambrer légèrement.

> — Non, mais vraiment, Fab ? On a un invité et t'as pas pris la peine d'enfiler un slip ?
> — Faut bien qu'il sache à quoi s'en tenir quand on passera la nuit ensemble, hein Hugo ?

Le provincial ne répondit pas aux provocations de Fab, mais son sourire doux fit comprendre aux deux Parisiens qu'il faisait partie de la bande.

Lui, c'était le calme. Fab, le boute-en-train ! Quant à Agathe, elle se montrait souvent agacée, mais au fond, elle affectionnait la dualité qu'elle et son colocataire entretenait. Le trio fonctionnait bien pour le moment. Hugo, au fond de lui, savait que ça ne durerait pas. Il avait d'autres ambitions et s'impatientait déjà de trouver la passerelle qui le mènerait vers la fortune.

Ce soir, il commençait son service au MACCHIATO. Il ignorait ce qu'il adviendrait de lui pour la nuit suivante. Ses deux amis ne lui ayant rien dit, il n'osait pas s'imposer, mais se voyait mal passer la nuit dehors. Il tenta une approche.

— On s'organise comment pour ce soir ? On fait comme hier ?
— Oui, tu monteras derrière moi à moins que je t'ai trop effrayé ? répondit Agathe.
— Non c'est très bien ! Et après, on rentrera ensemble ?
— Non on te jette à la Seine, lança Fab.
— En fait, t'as pas dû capter, mais on te garde avec nous, ajouta Agathe.

Hugo fut rassuré. C'était un palier confortable avant d'atteindre le but qu'il s'était fixé. Lui qui s'était imaginé dormir à même le sol, dans un parc, une cave, une station de métro… Ce canapé n'était pas des plus confortables, mais il se trouvait en sécurité avec des personnes généreuses et bienveillantes.

Fab reçu un coup de fil de Marcel, le patron du bar, qui lui demandait de venir en fin de matinée pour l'écouter chanter. Agathe était contente pour lui, mais ne pouvait dissimuler un soupçon de jalousie. Si Marcel l'acceptait comme chanteur au MACCHIATO, elle ne serait plus la chanteuse vedette et devrait chercher un autre contrat ailleurs pour compenser la perte financière occasionnée. Bien qu'amis, ils n'en étaient pas moins concurrents, partageant ainsi la même passion.

Hugo lui demanda s'il pouvait l'accompagner et participer à son audition, ce que Fab accepta.

Au MACCHIATO. Marcel les dirigea vers le fond de la salle, là où avait chanté Agathe la veille. Le bar n'ouvrant que le soir, ils avaient la liberté d'investir l'espace. Hugo choisit une table face à la scène. C'est ici que les premiers clients du bar s'asseyaient, la vue sur le chanteur étant frontale, directe, sans obstacle visuel ou auditif. Cette table offrait le meilleur emplacement pour les mélomanes.

Fab, un peu stressé, n'avait cependant pas perdu son humour.

> — Tu ne me choisis pas, je te chope et je te retourne dans l'arrière cour.
> — Allez vas-y, joue !

Marcel restait concentré et sérieux. Il devait être attentif, car les chanteurs qu'il choisissait, influaient la fréquentation de son bar. Il avait la réputation de dénicher des talents émérites et tenait à cette renommée.

Fab, armé de sa guitare, régla quelques accords et débuta par un tube de *David Bowie* : *Life on Mars*.

Hugo trouva le visage de Marcel trop sévère et inapproprié en comparaison à l'incomparable performance de son colocataire. Le patron du bar fronçait les sourcils et tirait les poils de sa moustache. Il avait l'air de réagir davantage comme un homme d'affaires. La beauté de la musique ne semblait plus l'atteindre. Derrière ses bacchantes, Hugo imaginait les paroles du propriétaire du débit de boissons : « Le temps c'est de l'argent » et, malgré ce visage dubitatif, Marcel avait trouvé matière à renflouer sa caisse. Et sans réel enthousiasme, il donna sa décision à Fab :

> — C'est ok, je te prends. Tu vas nous remplir le bar, c'est certain ! Ce soir, j'aimerais que vous alterniez

les titres Agathe et toi. On verra la réaction des clients. Quant à toi, tu seras mon barman ! dit-il en se tournant vers Hugo.

Le soir, Agathe se prépara et se couvrit la peau de toutes sortes de fards et enfila une autre jolie robe, rouge cette fois. Fab passa en revue son dressing souhaitant être élégant tout en gardant sa touche d'originalité. Il choisit une tenue sobre avec une carrure très marquée, son chemisier étant agrémenté d'épaulettes.

Ils partirent, comme la veille, les cheveux au vent dans les rues de Paris, raides comme des piquets sur les trottinettes qui les menaient au MACCHIATO.

Hugo s'était mis sur son 31 pour son premier soir en tant que serveur. Son sac peu chargé en arrivant à la capitale, il avait pensé à prendre une tenue élégante et classique.

Cependant, Marcel trouva qu'il en avait trop fait. Il préférerait le voir en tenue décontractée les soirs suivants. Il faut dire qu'il ressemblait à un vrai valet de pied des années 30. Ceci dit, Marcel, businessman inlassable, constata aussi que toutes les femmes le regardaient. Et tout en se frottant la moustache, il imagina sa caisse débordée de billets. *Hugo, avec sa belle gueule, va m'attirer toutes les nanas du quartier,* pensa-t-il.

Hugo, pris dans l'ambiance du bar, servi cafés, bières, spiritueux sans ressentir de fatigue ni de lassitude. Boosté par les morceaux de rock de ses amis, il prit plaisir à désaltérer les Parisiens venus se détendre après leur galère métropolitaine.

Les jours passèrent …

Hugo, toujours serveur au MACCHIATO continuait à apprécier son travail. D'autant plus que Marcel décida de garder ses deux colocataires pour mettre l'ambiance chaque soir. D'une certaine manière, Agathe et Fab, cherchaient à dépasser la performance de l'autre ce qui rendait les soirées compétitives, mais d'une qualité inégalée dans le quartier. La fréquentation du bar avait presque doublé en quelques jours et, au-delà du talent d'Agathe et de Fab, Hugo charmait, sans efforts aucun, la clientèle de Marcel.

Ce soir-là, un petit groupe de personnes bien habillées, vint s'installer. Il s'agissait de cadres et de la PDG de l'entreprise, à côté : VENUS COSMETIC.

Hugo sentit une légère pression en voyant une dizaine de personnes investir les tables de la salle du fond, côté scène. Marcel le prévint de l'importance de ces gens-là.

Derrière le bar, en chargeant le lave-verres, il le mit en garde :

— Fais pas le con, hein, c'est ceux de la grosse entreprise de cosmétiques, à côté. Ils pourraient entacher ma réputation.
— Ils ont pourtant l'air simple !
— La femme mince en robe tailleur, c'est Sarah Marques, plus blindée tu meurs, annonça Marcel en s'approchant d'Hugo.
— Il me semble que je l'ai déjà vue rue Saint-Dominique, répondit Hugo en se reculant, paralysé par le souffle nauséabond se dégageant de la bouche de son patron.

Marcel, toujours obsédé par l'idée d'amasser plus de clients qu'il a de tables, pensait qu'on devait redoubler d'attention pour des gens fortunés. Ceux-ci étant habitués au luxe, il souhaitait que la prestation d'Hugo soit à la hauteur de leurs exigences.

Hugo, se sentant observé par son patron, fit plus de manières que de raison pour la table 12 où se trouvait le haut du panier de VENUS COSMETIC.

Le jeune serveur fut extrêmement scruté pendant sa distribution de boissons, mais il connaissait bien cette façon d'être passé à la loupe. Ce n'était pas pour contrôler la perfection de son travail, mais plutôt pour son visage exceptionnel. C'était toujours la même lumière dans les yeux des gens : cette fascination, cette contemplation, ce léger soupir comme à la vue soudaine d'un paysage extraordinaire.

Ces personnes n'ayant rien exigé de particulier et n'ayant pas critiqué la qualité de son service, Hugo comprit que Marcel exagérait quant aux exigences de ces clients bourgeois. Tous applaudissaient les tubes de Fab et d'Agathe, ils étaient festifs, riaient beaucoup et Hugo pensa que les gens riches pouvaient se montrer très décontractés.

Cependant, Hugo avait bien fait d'y mettre les formes. Il rendit Marcel heureux qui le félicita pour sa capacité à s'adapter à toutes sortes de population. Compliment qu'Hugo fit mine d'accepter.

La soirée battait son plein. Hugo avait déjà servi deux fois les mêmes clients, les verres se levaient aux quatre coins, les applaudissements résonnaient aussi forts que les airs célébrés par Agathe et Fab.

Dans cette ambiance festive, la PDG de VENUS COSMETIC se leva en direction d'Hugo :

— Vous pouvez m'indiquer qui est le patron, s'il vous plaît ?

Tout en desservant des verres à une table, Hugo lui montra Marcel, planqué derrière le comptoir. Elle le remercia en clignant des yeux et se dirigea vers lui. Hugo remarqua la particularité du regard de la jeune femme. Des pépites d'or embrasaient ses iris lumineux et pénétrant.

Ils discutèrent quelques instants puis elle retourna s'asseoir, très enthousiaste. Hugo revint au bar afin de laver les verres. Marcel s'approcha de lui et révéla que la PDG, Sarah Marques, avait décidé de lui emprunter ses deux chanteurs lors d'un gala dont elle serait à l'honneur pour le lancement d'une nouvelle gamme dans son entreprise VENUS COSMETIC.

— Et vous lui avez répondu quoi ? s'empressa-t-il.
— J'ai dit oui ! Tu te rends compte qu'après ça, j'aurai tous les bobos du coin qui viendront dans mon bar pour les écouter ! Il se mit à rire en allant dans l'arrière salle chercher une petite bouteille de champagne. Et tu sais quoi ? Elle a dit que ton service était impeccable !

Marcel déboucha le mousseux et en servit une flûte à Hugo. Son haleine, mélangeant les odeurs d'ail et de vin, arriva au nez du jeune serveur. Hugo expira violemment, cherchant à se débarrasser du souffle fétide de son patron.

— Santé ! dit-il en levant son verre.
— Et pourquoi je trinque avec vous ?

— Parce que tu dois me porter chance ! C'est grâce à toi.

— Euh… allez savoir ! Et quand a lieu ce gala ?

— Dans deux semaines, début septembre.

Le bar s'était vidé tout doucement et en terminant *Stand by me* de *Ben E.King*, Fab rejoignit Hugo et Marcel au bar.

Agathe s'était glissée dans ce que le patron appelait « les coulisses » pour se donner un coup d'éponge sur son visage rendu humide par l'enchaînement des chansons. Il arrivait que des fans viennent lui parler après sa représentation et elle souhaitait les recevoir avec un visage frais et net. Et c'est ce qui arriva, ce soir. À la différence que, pour une fois, c'était une proposition qui l'attendait et pas une séance de flatterie.

Il ne restait plus que les clients de la table 12, tous occupés à remettre leurs Smartphones dans leurs sacs et à se lever pour quitter la salle. Agathe avait retrouvé les autres au comptoir et ensemble, ils rangeaient les verres sur les étagères.

La femme PDG s'approcha du meuble que les piliers de comptoir avaient déserté jusqu'au jour suivant. Ayant demandé l'approbation à leur patron si elle pouvait abuser de leurs voix hors du commun, elle n'avait plus qu'à recevoir l'accord des principaux concernés. Elle s'adressa à Agathe et à Fab.

— Bonsoir, laissez-moi vous féliciter tous les deux pour votre talent. J'ai été envoûtée par chacune de vos chansons.

— Merci beaucoup, s'étonna Fab qui débutait en tant que chanteur dans ce bar.

— Je me présente, je suis Sarah Marques et je dirige VENUS COSMETIC, je pense que vous connaissez…

— Oui, bien sûr, je ne porte que ça, s'empressa de dire Agathe en amenant ses mains vers son visage.

— Ça me fait plaisir que nos produits vous plaisent ! Justement, nous lançons une nouvelle gamme de produits, pour les hommes cette fois et pour cet événement, nous organisons un gala que je voudrais un tantinet rock et glamour ! Et vous êtes, tous les deux, exactement ce que je cherchais…

Fab et Agathe se regardèrent sans savoir quoi dire. Ils attendaient la suite avec impatience. Marcel, lui, deux mètres derrière, bombait le torse et croisait les bras comme un père fier de ses deux enfants.

— En fait, c'est simple ! Si vous le souhaitez, je vous engage pour la soirée de gala. Beaucoup de monde sera présent et c'est peut-être aussi une opportunité pour vous d'être vu et entendu.

— Waouh, je n'en reviens pas, sortit Agathe du fond du cœur, sans retenue !

Bien sûr qu'on accepte ! Hein, Fab ?

— Avec grand plaisir, madame Marques, ajouta-t-il d'une façon cérémonieuse.

— Appelez-moi Sarah par pitié ! Je suis vraiment ravie. La soirée aura lieu le 3 septembre. Venez pour 18 heures, vous pourrez découvrir la salle et vous entraîner avant que la foule rapplique vers 19 h 30. Des tenues seront prévues pour vous à votre arrivée. Tenez, voici le numéro de ma secrétaire, elle prendra note de vos tailles de vêtements et vous indiquera d'autres détails.

— Merci infiniment Sarah !

— C'est moi qui vous remercie. Et je voudrais que vous veniez aussi, monsieur ? dit-elle en fixant Hugo.

— Quoi ? Moi ? Mais pourquoi ?

Il pensa en lui-même que ce serait pour servir les petits fours et les coupes de champagne.

— Vous êtes invité, c'est tout ! Venez avec votre patron si ça vous permet de vous sentir moins seul ! C'est moi qui choisis les invités…

Marcel, rempli d'orgueil regonfla sa poitrine, ouvrit ses narines et en souriant fit lever sa moustache d'un côté. Il s'approcha d'elle sentant que c'était son heure de gloire.

— Je serai là sans faute Sarah ! Et toi aussi Hugo, hein ?
— Naturellement…
— Entendu, n'oubliez pas… le 3 septembre !

Sarah partit avec ses collaborateurs qui l'attendaient devant le MACCHIATO.

Fab sauta de joie, attrapa les mains d'Agathe et se mit à la faire tourner en rond !

— Tu te rends compte ? On va chez les riches, Agathe, on va chez les riches !

Tourbillonnant sous les impulsions de Fab, elle ne pouvait rien faire d'autre que rire tout en se concentrant pour ne pas tomber. Hugo, quant à lui, avait senti le regard particulier lancé par Sarah. Il ressemblait à ceux reçus au quotidien à la différence que celui-ci était teinté d'ambition. Il avait ressenti une détermination, une possession presque. Il faut dire qu'une PDG se devait d'en imposer.

Finissant le nettoyage du débit de boissons, les trois employés se montraient impatients et enthousiasmés par le gala du 3 septembre devant un Marcel rêveur, oubliant de donner un coup de main à ses salariés.

Le trajet du retour se fit en chantant pour Agathe et Fab. Hugo, à l'arrière de sa colocataire et collègue, se montra quelque peu tactile. Il la tint au niveau de la taille et épousa ses courbes en allongeant ses doigts le plus possible jusqu'à son ventre pour qu'elle sente qu'elle n'était pas qu'un pare-chute.

Arrivés à l'appartement, ils fêtèrent ensemble la nouvelle. Fab charria Hugo.

— À mon avis, tu lui as tapé dans l'œil à la patronne de VENUS COSMETIC ! T'as vu comme elle te regardait ?
— Pas du tout. Tu ne dis que des conneries.

Hugo se montra gêné par le commentaire de Fab alors qu'il était en quête de séduire Agathe. Au fond, pourtant, il avait senti le regard insistant de Sarah sur lui et cela ne l'avait pas laissé indifférent, bien qu'il n'ait rien trouvé d'attirant chez elle. Mais pour l'heure, il ne souhaitait pas froisser Agathe. Fab alla se coucher sans allumer la télévision. Toutes ces émotions l'avaient épuisé.

Agathe et Hugo se retrouvèrent seuls assis à la table de la cuisine. Sans se parler, ils sentirent chacun l'envie de l'autre. Les jeux de regards, les rapprochements physiques n'étaient pas des coïncidences… Hugo, pour accélérer les choses, dit à Agathe qu'il allait s'allonger sur le canapé et commencer sa nuit. Tout en se dirigeant vers le petit salon, il dévia son regard vers elle et ses lèvres se mirent à sourire en coin, malicieusement. Il savait qu'en faisant cela, elle allait réagir et l'inviter à passer la nuit avec elle. Ce qui ne loupa pas.

Hugo, s'apprêtant à investir le canapé fut saisi fermement par la main d'Agathe qui le mena dans sa chambre avec détermination. Lui, qui d'habitude avait le dessus sur les femmes, dû se résoudre à se laisser dominer par la brûlante Agathe. Presque prisonnier de cette chambre, il fut d'abord surpris, mais finit par se détendre et accepter la véhémence de sa partenaire.

Le lendemain, Agathe retrouva Fab sur le canapé. Devant son film en italien, complètement nu, un coussin cachant de façon approximative ses parties intimes, grignotant des choses improbables pour un matin, il savourait le fait de voir quelqu'un, sortir de cette chambre emprunte de mystère.

— Alors… il s'est passé quoi dans ta tanière? C'est bizarre, je ne vois pas Hugo sur le canapé. À moins que je me sois assis dessus ?

Il se leva, laissa son coussin tomber au sol sans ressentir la moindre pudeur et fit mine de chercher Hugo sur les assises du canapé.

— Hugo ? Hugo ?
— Ça va, tais-toi !
— Oh ! Ne fait pas ta prude, raconte-moi plutôt !

Il se remit assis et repositionna son coussin sous son ventre. Un large sourire éclaira son visage et il attendit impatiemment de connaître les potins de l'appartement 34.

— J'ignore ce qui s'est passé, je te jure ! démarra Agathe, en balançant sa tête de gauche à droite.
— Ben voyons… j'ai jamais droit aux détails, alors que moi je te raconte tout, toujours !
— Deux secondes, je te raconte ! Concrètement, je n'étais plus moi ! Je n'ai jamais passé une nuit pareille…

Fab, davantage interloqué, se rapprocha d'elle ne souhaitant pas perdre une miette de ses révélations dont il était très friand. Elle poursuivit en chuchotant.

— J'étais comme une bête, j'ai tout contrôlé, je l'aurais bouffé sans déc' !
— Mais t'as vu comme il est beau ! Je te comprends ! Moi, un mec comme lui, je lui fais sa fête cinq fois par jour sans ressentir de fatigue, crois-moi.

— T'as raison, je pense que c'est ça. Il est tellement magnifique qu'on voudrait le posséder, c'est dingue !
— Dis-toi que t'as de la chance qu'il soit hétéro, surtout. Moi, je n'ai aucune chance avec lui.
— De toute façon, je ne te le laisserais pas, dit Agathe en souriant.
— P'tite peste ! plaisanta Fab.

Hugo sortit de la chambre à son tour, le dos courbé comme s'il avait été battu.

Fab ne put s'empêcher de rire et de dire :

— Ah oui effectivement, tu l'as démonté, Agathe ! La tête que t'as mon pote !
— Mais ferme-la, bordel, s'énerva Agathe, contrariée de constater que Fab ne pouvait tenir sa langue.

Hugo, avec sa délicatesse naturelle, sourit sans rien dire pour ne pas gêner davantage Agathe. Fab se dirigea à la salle de bain et revint avec un petit flacon.

Il leva le T-shirt froissé d'Hugo et lui massa le dos avec un produit gras et d'une odeur s'approchant du curry.

— Tu frictionnes ma peau avec quoi, là ? demanda Hugo.
— De l'huile d'hélichryse italienne ! On l'appelle l'huile essentielle d'immortelle aussi. Ça fait circuler

le sang, t'auras pas de bleu comme ça… parce qu'avec un animal pareil, dit-il en regardant malicieusement Agathe.

Celle-ci semblait s'agacer. Fab calma le jeu en allant à la salle de bain, ce qui était une bonne idée, car ce matin encore, Hugo eut droit de le voir dans son plus simple appareil. Il s'y était habitué et, dans tous les cas, Fab ne changerait pas son mode de vie pour un colocataire, il était bien trop libre.

Hugo, un peu maladroit et déstabilisé par la nuit passée, ressentit le besoin de parler à Agathe et profita de l'absence de Fab.

— Cette nuit était…
— Horriblement bestiale, je sais… j'en suis désolée, je ne sais pas ce qui m'a pris.
— Non, non, tu te trompes, c'était euh… waouh ! Dément ! Je n'avais jamais vu une telle détermination, dit-il en riant la bouche fermée.
— Tant mieux, car je pourrais recommencer tout de suite, là !

Elle le regarda fixement afin de voir sa réaction, mais garda un air suffisamment décontracté pour ne pas l'effrayer.

— Écoute, t'es vraiment une femme exceptionnelle, mais…

— C'est bon, j'ai compris…

Vexée, sentant qu'Hugo s'apprêtait à l'éconduire, elle se dirigea derrière la porte de la salle de bain et hâta Fab de sortir afin qu'elle puisse se préparer. Hugo rattrapa Agathe par le bras.

— J'ai passé une nuit magnifique, t'es super, mais je voudrais simplement que tu ne t'attaches pas, c'est tout ! Je voudrais recommencer, moi aussi, autant de fois que tu le voudras, mais s'il te plaît, garde ton cœur libre. Je ne suis pas prêt pour une relation sérieuse.

Devant ses yeux fascinants la regardant elle et pas une autre, le voyant se démener et articuler ses lèvres dont elle a tant aimé le goût la nuit précédente, elle se moqua sur l'instant des paroles, pourtant sincères, venant d'être prononcées et l'emmena, encore une fois, dans ses draps chiffonnés par des heures de passion dévorante.

Fab, sortant de la salle de bain en indiquant à une Agathe, absente, que la salle de bain était libre, fit un saut en entendant un ''boum'' venant de la chambre de celle-ci. Il sourit et fila dans le métro pour amasser ses extras, presque quotidien.

Chapitre 4

Deux semaines plus tard, le 3 septembre, jour du gala.

Hugo se réveilla dans le lit d'Agathe. Celle-ci, déjà levée, avait passé ces dernières semaines à ne penser qu'à ce jour-là. Elle et Fab s'étaient surentraînés. L'appartement s'était transformé en studio d'enregistrement et Hugo, en coach vocal. Du moins, ils avaient fait avec les moyens du bord. Le provincial ne connaissant presque rien à la musique s'était néanmoins prêté au jeu et prodigua même des conseils à ses amis. Leur disant parfois que le vibrato d'Agathe était exagéré ou que Fab se la jouait trop musicien et en oubliait le contrôle de sa voix, les deux chanteurs avaient pris ses conseils très au sérieux. Son avis pouvait sembler inapproprié, mais l'art de chanter était fait pour émouvoir les gens et Hugo avait, comme tout à chacun, la capacité à se laisser atteindre par la musique.

Le gala avait été préparé par Marlène, la secrétaire de Sarah Marques. Les tailles de vêtements transmises, elle leur concocta des tenues adaptées à la soirée qui leur seraient prêtées directement sur place, rue de Grenelle. La fête se déroulerait au sein même de l'entreprise VENUS

COSMETIC. Le bâtiment, tellement immense, pouvait abriter une soirée de cette envergure sans aménager l'espace différemment. En effet, une salle gigantesque était dédiée pour ce genre d'événement.

Agathe et Fab ne pouvaient être que stressés, car plus qu'une soirée où leurs cordes vocales vibreraient, ils allaient être vus et entendus par tout le gratin parisien.

Hugo n'en demeurait pas moins inquiet. Les trois semaines écoulées lui avaient réservé des surprises. Sarah Marques s'était retrouvée plusieurs soirs au MACCHIATO et cette nouvelle habitude fit jaser Fab qui s'empressa de dire qu'elle venait voir Hugo. Agathe, quant à elle, accusa le coup. Mise en garde plusieurs fois par Hugo sur son désir de ne pas entamer une relation sérieuse, elle finit par l'accepter, bien qu'un brin déçue. Ceci dit, leur relation intime perdura pendant ces deux semaines.

Hugo avait été troublé par la présence de Sarah au bar. Elle entrait et le repérait immédiatement. Son visage s'illuminait et elle s'asseyait toujours au bar, en face du rince-verres, là où elle était sûre de se retrouver face à lui. Cette situation le gêna et il évita de croiser son regard. Elle ne lui parla pas davantage. Elle lui rappela, seulement, de temps à autres, de ne pas oublier la soirée de gala. Et elle se retournait régulièrement pour regarder les chanteurs qu'elle entrevoyait… sa vue étant hachurée par un poteau planté au milieu de la salle. Le choix qu'elle prenait en s'asseyant là persuada Hugo qu'elle venait pour lui, comme s'en était amusé Fab.

En ce début de journée qui précédait le gala, Hugo finit par se lever, les oreilles trop stimulées par Fab qui accordait sa guitare dans la pièce à vivre, juste à côté. Il les vit, tous les deux, en tenues légères et déjà très concentrés. Ils répétaient les titres qu'ils joueraient le soir venu. Le choix des morceaux de musique avait été réfléchi avec la secrétaire de Sarah. Les deux chanteurs devaient donc apprendre et répéter des chansons qu'ils n'avaient jamais jouées sur scène.

Hugo mangea ses tartines de confiture vautré dans le canapé face à eux, le corps encore endormi et épuisé par la suractivité de ses colocataires.

D'ailleurs, il se montra démotivé ces derniers temps. Lui, qui avait adoré les premiers soirs au MACCHIATO, commença à perdre patience face aux clients et le rythme le fatiguait. Sans compter que la nuit, Agathe, hyperactive, ne lui laissait pas de répit. Il pensa même démissionner, mais il était tenu par les frais communs du petit ménage à trois dans lequel il s'était engagé.

Le mois de septembre déjà entamé et la fraîcheur et l'humidité de l'automne approchants, il ne se voyait pas commencer à dormir dehors.

Hugo faisait comme si tout allait bien ne voulant pas ajouter à Agathe et Fab du stress supplémentaire en racontant ses problèmes existentiels. Tous, dans cette pièce, espéraient, finalement, un changement de vie pendant la soirée de gala.

La journée fut longue. Après de nombreuses répétitions, Agathe et Fab n'arrivaient pas à se mettre d'accord sur certains arrangements pour leur duo. Car, oui, un duo était prévu à cette soirée, demandé par Sarah en personne. Ils joueraient *Behind Blue Eyes* de *The Who*. Ce serait leur dernière chanson, une sorte de bouquet final où ils uniraient leurs voix fortes et puissantes, mais de tessiture opposée ce qui, selon Sarah, serait le clou du spectacle ! Mots qu'elle souffla à sa secrétaire et que cette dernière transmit à Agathe et Fab lors des différents entretiens téléphoniques des deux dernières semaines.

Malgré leur motivation à en finir, les Smartphones affichaient déjà 17 h 30 et il était temps de se préparer pour se rendre rue de Grenelle au siège social de VENUS COSMETIC. Ils n'avaient pas réussi à trouver un compromis, Fab souhaitait qu'Agathe chante un demi ton au-dessus quant à Agathe aurait préféré que Fab baisse sa guitare d'un demi ton. Hugo, spectateur de leur désaccord, commença à s'agiter pour montrer que les querelles n'avaient plus lieu d'être.

— Allez, range ta guitare Fab et magnez-vous !

Ils tournèrent dans tous les sens. Agathe se maquilla rapidement, se coiffa avec hâte, ne pouvant opter pour la coiffure tressée qu'elle avait programmée depuis dix jours après maintes réflexions et nombreux changements d'avis. Finalement, ce serait un chignon flou et même très flou.

Hugo enfila les vêtements qu'il portait pour son premier soir au MACCHIATO.

Ils partirent tous les trois, cheveux au vent sur leurs trottinettes, parcourant les quelques rues de Paris qui les séparaient de VENUS COSMETIC. Ils s'arrêtèrent à l'arrière du bâtiment, là où se trouvait l'entrée de la salle dédiée aux événements mondains. Marcel s'y trouvait et les attendait. Il portait un costume trois pièces et une fleur en plastique blanche dépassait de la pochette de sa veste.

— Qu'est-ce que t'es ringard, se moqua Fab.
— Tu t'es vu avec tes accroches cœur ? On ne va pas au cabaret ! Et toi, Agathe, c'est quoi cette tignasse lâchée que d'un côté ? rétorqua Marcel, jouant l'impresario.

Agathe toucha ses cheveux et remarqua que son chignon flou s'était défait pendant le trajet. Tout compte fait, elle chanterait les cheveux lâchés sur ses épaules.

Non loin, une femme avec un look de secrétaire, marchant la tête en avant et les fesses en arrière, petites lunettes violettes au bout du nez et jupe crayon grise inconfortable s'empressa de les accueillir.

— Vous êtes les chanteurs, n'est-ce pas ?
— Oui, Agathe et Fab.
— Bonsoir et bienvenue. Je suis Marlène, la secrétaire de Sarah Marques.
 Suivez-moi, vous allez essayer vos tenues.
— Et nos amis sont invités aussi, fit remarquer Agathe.
— Oui, vous êtes Hugo ?
— Oui…
— Et moi Marcel, leur patron !
— Vous pouvez entrer. C'est un peu tôt, mais au moins vous êtes là, Sarah sera contente.

Marcel, pensant que cette remarque lui était destinée, se redressa et repositionna sa fleur comme pour montrer qu'il n'avait pas lésiné sur les détails et qu'il pouvait avoir l'air d'un gentleman.

Ils suivirent tous les quatre la secrétaire qui leur présenta la salle, ses commodités et quelques personnes qui se trouvaient là à terminer d'installer la décoration de la salle. Le personnel de l'entreprise se coupait en quatre pour que la soirée se passe sous les meilleurs hospices possibles.

Hugo fut subjugué par la beauté de l'endroit, par sa richesse et l'abondance des éléments de décor, de la nourriture et des boissons défilants devant ses yeux. Les organisateurs passaient et repassaient, paniqués, avec des plateaux garnis de petits-fours, de verrines en tout genre, de coupes de champagne déjà servies, prêtes à être consommées. Il pensa même voir du caviar.

Je suis invité ici et ce n'est pas moi qui ferai le service. Si seulement je pouvais faire partie de ce monde, pensa-t-il.

Marcel faisait déjà partie de l'équipe et s'immisçait dans l'organisation pourtant bien rodée. C'était plus fort que lui. Il voulait tout contrôler. Agathe et Fab furent séparés d'Hugo par Marlène qui les dirigea vers les coulisses de la soirée afin qu'ils mettent leurs tenues de scène.

Hugo se retrouva seul et déambula tranquillement dans la salle où trônaient de nombreuses tables rondes nappées d'un tissu blanc très épais. Les chaises étaient recouvertes d'une housse noire rehaussé d'un nœud blanc à l'arrière. Les rideaux aux immenses fenêtres semblaient lourds et de larges poteaux longeaient les murs de la salle où quelques étoffes y étaient suspendues.

Hugo, tout en se tenant à distance des organisateurs, passa discrètement entre les tables et caressa les tissus. Lui qui était plutôt habitué aux nappes en plastique ou en papier fut séduit par les tissus de luxe qu'il découvrit ici. Il passa devant la scène où il supposa que ses amis chanteraient. Deux micros s'y trouvaient. Elle n'était pas très grosse, mais cela semblait suffisant.

Une plus grande scène avec estrade dominait toute la salle. Elle paraissait être le cœur de la pièce. Toutes les tables s'articulaient autour d'elle et avait été disposée de sorte qu'elle soit visible par les invités assis.

Hugo regarda sur les tables. Des petites cartes nominatives blanches encadrées d'un liserai noir ornaient les nappes. Il se mit en quête de trouver son prénom. Slalomant d'une table à une autre tout en jetant un œil discret pour ne pas éveiller la curiosité des organisateurs toujours en pleine action, il finit par le trouver. La table pile en face de la grande scène. Il regarda les prénoms autour du sien. Il ne fut pas surpris d'y trouver celui de son patron : Marcel qui serait installé à sa droite. Et à sa gauche, il fut stupéfait de lire Sarah Marques – PDG.

Pourquoi m'a-t-elle invité et pourquoi venait-elle au MACCHIATO ? Et maintenant, je me retrouve à son gala, placé à sa table. Que me veut-elle ?

La réflexion d'Hugo fut stoppée par une douce voix venant de derrière.

— Bonsoir Hugo, je suis contente que tu sois venu.

Cette voix n'était autre que celle de Sarah Marques. Elle se tenait derrière lui, dans sa robe de soirée en tulle couleur beige agrémentée de paillettes dorées. Sa coupe sirène accentuait la taille déjà très fine de son corps. Il se retourna la découvrant en tenue de gala.

— Tu vois, ça, c'est la partie glamour, dit Sarah pensant qu'Hugo était subjugué par sa robe.

Le tutoyant naturellement, elle pivota et dévoila l'autre côté de sa tenue. Tout le dos était nu jusqu'à la cambrure de ses reins.

— Et tu vois, ça, c'est le côté rock ! renchérit-elle, amusée, cherchant une réaction de son invité.

Hugo fit comme s'il avait l'habitude de voir une femme élégante aussi décomplexée. Il choisit de ne pas être surpris par le choix audacieux de cette robe. D'ailleurs, il était d'autant plus étonné par le tissu luxueux que par le corps de Sarah. Elle ne lui plaisait pas. Cette PDG de 32 ans, cheveux longs blonds aux reflets caramel et yeux noisette parsemés de pépites d'or possédait un visage doux et un regard intelligent. On pouvait dire qu'elle suscitait du désir chez les hommes en général. Mais Hugo préférait les femmes un peu en chair et Sarah, fine comme une brindille, ne l'attirait pas. Elle était, de toute évidence, âgée de 9 ans de plus que lui et Hugo n'avait jamais eu d'inclination pour les femmes plus mûres. En revanche, sa vie et son statut l'intriguaient et il se montra très poli et élégant vis-à-vis d'elle afin de lui faire voir qu'il ne repoussait pas l'intérêt qu'elle lui portait depuis la première soirée au MACCHIATO. Pour ne pas passer pour un provincial ignorant, il ne fit aucune remarque sur la décoration ni sur le tissu magnifique de sa robe. Il fit comme si tout cela était ordinaire. Il se tenait droit et essayait d'être classe et distingué comme il avait pu le voir à la télévision. Son sourire charmeur, bouche fermée, comme souvent, suffisait à satisfaire Sarah qui le dévorait des yeux.

La PDG qui espérait une réaction quelle qu'elle soit de son invité spécial le bouscula un peu.

— Alors, tu as vu que je t'avais placé près de moi !
— Oui, j'avoue que je me suis demandé pourquoi. On ne se connait pas, finalement.
— Tu verras, c'est une surprise !

La secrétaire Marlène apparut au loin :

— Sarah, tu peux venir s'il te plaît ?
— J'arrive ! répondit-elle à haute voix.

Hugo, de nouveau abandonné ne put se retenir de se questionner sur la suite de la soirée. Quelle surprise l'attendait…

Quelques longues minutes de solitude plus tard…

Les invités commencèrent à s'avancer. Des petits groupes de personnes approchaient et investissaient la grande salle, sourires aux lèvres, parures hors de prix aux poignets, aux mains, aux oreilles. Des bijoux bien visibles pour exposer sa richesse et se mettre un peu à la hauteur ou en compétition avec les autres nantis.

Marcel, qui semblait déjà avoir sympathisé avec certains invités réapparut et s'approcha d'Hugo. Ce dernier, les mains dans le dos, lustrait depuis quelques minutes la feuille d'une plante gigantesque se trouvant derrière lui. Sorte de mouvement antistress pour se protéger de la foule qui arrivait. Hugo annonça à Marcel qu'ils seraient tous les deux à la table de Sarah Marques.

Fidèle à lui-même, le patron du bar pensa qu'un changement de vie l'attendait et cette nouvelle ne venait que renforcer son idée.

Les serveurs commencèrent à passer entre les tables avec des plateaux gigantesques contenant ce qu'Hugo avait vu en arrivant. Il se mit en quête, accompagné de Marcel, de trouver les toasts de caviar. La foule se tenait debout et remplissait une bonne partie de la salle. Selon le personnel qui s'agitait et s'inquiétait de la présence des invités, tous les participants ayant répondu présent étaient arrivés et notamment de grands distributeurs qui pourraient acheter, dans leurs enseignes, la nouvelle gamme de Sarah Marques dédiée aux hommes.

Hugo aperçut Fab et Agathe derrière une petite porte qui se trouvait à l'arrière de leur scène. Agathe jeta un œil à la salle et fit un signe de la main à Hugo. Elle portait une magnifique robe noire à sequins qui s'associait, tout compte fait, très bien avec ses cheveux défaits. Hugo fut émerveillé de la voir ainsi.

Ils trouvèrent enfin le plateau contenant du caviar. Marcel et lui se firent un immense plaisir d'y goûter. Marcel, qui en avait plein la bouche, se mit à donner un cours à Hugo :

— Tu sais, c'est un produit rare le caviar, c'est pour ça que c'est si cher, mais en fait ça a pas un goût extraordinaire… disait-il en se resservant sans cesse de tartines d'œufs d'esturgeon.

Les minutes passèrent et les dames d'une quarantaine d'années à gros bijoux avaient consommé leur première flûte de champagne et entamaient la deuxième. Les messieurs, élégants et en majorité plus vieux que leurs femmes, s'étaient quelque peu regroupés entre eux et causaient affaire. Hugo et Marcel slalomèrent entre ces amas de personnes qui gloussaient. Leurs peaux brillaient à force de boire et de discuter tout en maintenant la position verticale. Tout le monde attendait l'arrivée de Sarah. C'est elle qui donnerait le feu vert pour s'installer aux différentes tables.

Agathe fit son apparition et débuta son tour de chant accompagnée par Fab, armé de sa guitare. Ils commencèrent par *Hello Sunshine* de *Bruce Springsteen* ce qui devait être une première pour un gala de cette envergure. C'était déroutant pour Hugo de voir autant de personnes guindées venant à une soirée classe où, au final, du rock s'y jouait. Ce décalage sembla étonner et ravir tout le monde et Sarah parut valeureuse aux yeux d'Hugo.

La chanson déjà entamée, Sarah fit son apparition et tout le monde improvisa une sorte de haie d'honneur et l'applaudit. Ce gala figurait être le lancement d'une nouvelle gamme dont elle était l'initiatrice. La secrétaire qui semblait aussi être une attachée de presse tellement ses fonctions s'étendaient au-delà d'une simple assistante bureautique s'éleva sur l'estrade de la grande scène. Elle régla le micro à sa hauteur et attendit qu'Agathe et Fab finissent la chanson. Les deux chanteurs avaient été informés en amont du déroulement de la soirée et se retirèrent après leur titre terminé pour laisser Marlène parler.

La secrétaire aux petites lunettes prit la parole et introduisit la réception en rappelant son but. Elle parla du nouveau lancement de produits : la gamme Mars Attractive ! Ces cosmétiques pour hommes leur permettraient de devenir irrésistibles ! Elle présenta Sarah Marques à la foule très à l'écoute, flûte de champagne à la main. Beaucoup la connaissait, d'autres non. Cette gamme moderne attirerait l'œil de nouveaux partenaires implantés dans l'industrie des cosmétiques destinées aux hommes.

Hugo, planté au milieu de l'assemblée, surprit une conversation entre deux femmes parfumées aux essences de fleurs :

— Elle a bâti un empire…
— Oui, enfin, merci maman et papa !
— Elle a quand même eu la malchance de perdre ses parents tôt et s'est bien relevée !
— Parait qu'elle est millionnaire, mais bon… elle a la trentaine et toujours pas d'héritier !

Hugo fit mine de vouloir changer sa coupe de champagne et ondoya entre les gens qui, manifestement avaient la langue bien pendue. Sur le parcours le menant à un serveur, il entendit toutes sortes de choses : « … elle ne mérite pas son succès …», « … elle finira seule, elle est bien trop ambitieuse … » et, venant de la bouche d'un jeune homme : « … si seulement elle avait de la place pour la gent masculine, je signe direct … »

Cette femme devenait de plus en plus intrigante aux yeux d'Hugo. Le mot millionnaire y avait beaucoup contribué. Lui qui était en quête d'argent gagné facilement, de paresse, ne supportant plus son travail au MACCHIATO et étant tenu par sa colocation avec Fab et Agathe. Cette Agathe, très demandeuse, avec qui il passait toutes ses nuits pour ne pas dormir sur le canapé inconfortable de l'appartement n°34, que faisait-il ici entouré de gens importants et riches, placé à la table de Sarah Marques, la PDG d'un empire comme l'avait signifié cette femme aux cheveux bouclés sentant la pivoine ?

Marlène poursuivit la présentation de la soirée et précisa que d'autres sites s'étaient implantés un peu partout en France et qu'il en existait désormais un à Londres. La foule se mit à applaudir, même les femmes qui avaient bien déblatéré sur la jeune PDG. Hugo applaudit également, flûte à la main et fixa Sarah qui se trouvait face au public, en contrebas de l'estrade. Marlène continua en informant que la créative et talentueuse Sarah prendrait la parole un peu plus tard dans la soirée.

Marlène, avant de descendre de l'estrade, indiqua aux invités de prendre place à leurs tables, guidés par les serveurs. Hugo et Marcel n'avaient nul besoin d'aide pour gagner leurs chaises. Ils s'installèrent à la table juste en face de la scène.

Fab et Agathe sortirent par leur petite porte et enchaînèrent le concert. Le micro était réglé de façon à ce que le son n'éprouve pas trop les oreilles. La soirée rock'n'roll ne devant pas gêner les discussions et les éventuels accords entre entreprises.

Hugo et Marcel furent rejoints par deux femmes accompagnées de leurs maris. Eux semblaient peu loquaces contrairement aux épouses qui riaient en s'installant, car leurs robes volumineuses se prenaient dans la nappe épaisse. Marcel mit tout le monde à l'aise en entamant la conversation. Il commença à parler des personnes qu'il avait rencontrées en arrivant et le dialogue se prolongea ainsi quelques minutes jusqu'à ce que Sarah s'installe à son tour.

Toutes les chaises occupées, le repas pouvait commencer. Sarah, avant toute chose, fit les présentations entre les personnes présentes à sa table. Hugo et Marcel furent présentés à Ludivine et Roger Rousseau ainsi qu'à Julia et Adrian Monardes.

Les serveurs apportèrent la langoustine et les noix de Saint-Jacques. Hugo et Marcel dégustèrent le meilleur diner de leur vie. Servis en premier, ils faisaient partie, à cet instant présent, de la haute société. Hugo observa la distinction de Roger et d'Adrian, la soixantaine, qui dégustaient leurs mets avec délicatesse, mais ne semblaient pas surpris par la finesse de la sauce. Tout en parlant affaires avec Sarah, ils mangeaient comme si la nourriture gastronomique faisait partie de leur quotidien et comme s'il était normal que des petites mains se soient affairées longuement en cuisine, sans espérer avoir un compliment en retour.

Hugo chérissait cette puissance et en même temps était tellement novice qu'il ignorait comment réagir. Il aurait eu envie de complimenter l'entrée, mais préféra se taire et imita les deux hommes d'affaires. Il s'essuya la bouche avec sa serviette de table en même temps qu'eux et de la même façon qu'eux. C'était sans compter sur Marcel :

— Oh la vache, c'est délicieux, jamais mangé un truc pareil. Ils vont les chercher où ces grandes crevettes ? disait-il, en mâchant la bouche ouverte, laissant distinguer le sabayon au champagne.

Hugo, quelque peu gêné par l'attitude de Marcel, attendit la réaction de ses voisins de table. Ils se mirent à rire, amusés par le style direct et spontané de Marcel. Hugo fut rassuré et se dit que ces gens-là étaient on ne peut plus simple. Habitués à être servis et à manger des mets fins, certes, mais prêts à plaisanter quand l'occasion se présentait.

D'ailleurs, le Chablis aidant, les conversations prirent des tournures cocasses et détendirent les esprits. Hugo, plutôt en retrait, amusé, mais sur la réserve remarqua que les regards de Ludivine et de Julia, étaient de plus en plus intenses et dérangeants. Les deux femmes, la petite quarantaine, environ 20 ans de moins que leurs époux semblaient avoir vu en Hugo la fraîcheur qui leur manquait avec leurs maris qui avaient largement dépassé l'âge de la retraite. Entre filet de bœuf et plateau de fromages, les deux femmes s'échangeaient même des petits mots entre elles et riaient tout en regardant un Hugo gêné, mais patient. Il pensait toujours à la surprise dont Sarah lui avait parlé avant que les invités ne débarquent. Il prit son mal en patience. Sarah, quant à elle, très affairée concernant son lancement de produits, argumentait sans relâche auprès de Roger et d'Adrian, deux grands distributeurs potentiels des cosmétiques de sa nouvelle gamme.

Leurs occupations laissaient à leurs épouses, le champ libre pour charmer Hugo.

Marcel, de son côté, s'empiffrait et surprenait son palais à goûter des grands vins qu'il ne pourrait jamais servir à ses clients du MACCHIATO.

Fab et Agathe avaient alterné les chansons jusque là. Le fromage englouti, Marlène revint sur la grande scène et indiqua que les invités pouvaient se lever et, fait exceptionnel, profiter de la piste pour danser. Ils furent tous ravis de pouvoir se dégourdir les jambes. Un couple osa ouvrir le bal, ce qui entraîna de nombreux autres à danser sur les tubes de rock interprétés merveilleusement par les deux colocataires.

Très convoitée, Sarah se fit inviter à danser, rapidement.

Hugo se dirigea devant la scène, écouter ses amis, les admira quelques minutes. Agathe lui sourit tout en chantant *There Must Be An Angel* d'*Eurythmics*.

Puis il alla vers la grande baie vitrée où se trouvait une terrasse couverte donnant sur un jardin délimité par une barrière blanche en fer forgé. Une petite tonnelle, un peu plus loin, intéressa Hugo. Il se mit en dessous comme pour s'éloigner et se protéger un moment de la foule. Il respira très fort l'air qu'offrait cette soirée de septembre. La tiédeur du vent était agréable et permettait de profiter de l'extérieur sans enfiler un vêtement chaud. La nuit rendait visibles les étoiles. Il les regarda et profita du calme quelques instants. Il n'entendait que des voix venant de la terrasse.

Plusieurs personnes s'y étaient installées pour discuter, fumer une cigarette. Sa tranquillité fut interrompue par la venue de Ludivine, sa voisine de table.

— Je te cherchais partout !

— …

— Quelle belle nuit, n'est-ce pas ?

— Euh… oui…

— Je ne veux pas t'embêter, mais sache que si tu t'ennuies, je suis disponible.

Voyant Hugo peu communicatif, la jeune femme griffonna sur un petit papier sortit de sa pochette et lui mit dans sa poche. Elle partit en le dévorant des yeux. Hugo lui sourit. Il trouva de la lumière près d'un lampadaire qui surplombait le jardin, non loin. Il était écrit son numéro de téléphone et la mention « tu me plais, appelle-moi ! »

Hugo sourit la bouche fermée expirant, de ses narines, l'air contenu. Il regarda vers l'intérieur de la salle et s'y redirigea. Les femmes, plus expansives qu'en début de soirée, se dandinaient contre des hommes qui, a priori, n'étaient pas leurs époux. Hugo pensa que c'était donc cela la grande bourgeoisie. La liberté de posséder qui on veut, quand on veut, le pouvoir de contrôler les gens comme bon nous semble. Ludivine, avec sa demande très osée, lui en avait donné l'exemple. Il s'immisça entre les danseurs et passa devant Adrian Monardes, son voisin de table. Celui-ci l'arrêta et lui dit :

— Ma femme Julia vous trouve très séduisant. Prenez ça et amusez-vous un peu avec un de ces jours.

Ce gentleman qui s'essuyait délicatement la bouche dans sa serviette en tissu lui tendait cinq billets de 100 euros pour satisfaire sa femme à sa place. Hugo fut stupéfait, mais essaya de le cacher voulant paraître comme quelqu'un des leurs. Il bafouilla :

— Bien ! Mais… Je ne crois pas…
— Ne cherchez pas d'excuses, mon garçon. Il n'y a pas de souci… dit l'homme d'affaire en remettant l'argent dans sa poche intérieure.

Hugo sourit en pinçant la lèvre du haut, le salua d'un mouvement de tête maladroit et poursuivit son chemin. Plusieurs femmes le regardaient avec envie. Il avait l'impression d'être un morceau de viande de choix dans la vitrine d'une boucherie. Ces femmes ne lui plaisaient pas davantage, mais lui donnaient la sensation tant espérée de se sentir vivant. Leurs portefeuilles étaient bien fournis et cela le ravissait.

Se dirigeant vers la scène musicale, il passa à côté de Sarah et Marcel qui dansaient sans relâche. Le patron du bar tentait un rock acrobatique avec une Sarah qui riait aux larmes tellement Marcel y mettait du sien ne possédant, pourtant, aucune technique de cette danse. Hugo les regarda et sortit son doux sourire.

Cette femme est incroyable. Elle est riche et elle n'a pas honte de s'afficher avec un homme du quartier.

Sarah le vit entre deux pas de danse non maîtrisés de Marcel. Elle arrêta quelques secondes le rythme effréné imposé par son cavalier et rendit le même sourire délicat à Hugo. Ce fut extrêmement rapide, car Marcel, infatigable, attrapa à nouveau la main de la reine du gala et la fit tourner au son de la guitare de Fab et de sa voix suave.

Marlène monta à nouveau sur l'estrade et sourit aux quelques personnes qui la regardaient. Hugo en faisait partie. Comme pour sa première prise de parole, elle attendit que la chanson se finisse.

La guitare ayant rendu sa dernière vibration, elle s'exprima :

— Merci à toutes et à tous pour votre bonne humeur et j'espère que vous passez une excellente soirée. Beaucoup me réclame le dessert depuis tout à l'heure, mais avant, je vais vous demander de laisser notre PDG faire son discours. Sarah, si tu veux bien me rejoindre !

Sarah, le front dégoulinant, grimpa à son tour sur l'estrade pendant que Marlène retournait au premier rang d'une foule bien enjouée, mais dorénavant à l'écoute. Hugo saisit un verre de vin qui traînait sur un plateau de serveur. Il était collé serré à des inconnus. Marcel, non loin, fixait Sarah. Ludivine et Julia étaient dans le champ de vision d'Hugo et préféraient le regarder lui plutôt que l'oratrice.

Sarah débuta son discours en présentant sa nouvelle gamme complète composée de produits pour la peau en passant par les cheveux et la barbe. Même quelques fonds de teint et colorations spécialement dédiés à l'homme, faisaient leur entrée. Elle semblait faire de la publicité tout en gardant l'esprit gala. Dans une ambiance festive, elle misait, mine de rien, sur une grosse vente auprès des distributeurs.

Hugo, attentif, se dit qu'une crème de jour pourrait conserver ses beaux traits et que peut-être, à terme, il se colorerait les cheveux pour paraître plus jeune. Sarah était persuasive et intéressa plus d'un homme. Les femmes aussi imaginaient déjà leurs vieux époux utiliser ces produits qui redonneraient à leurs peaux matures, l'éclat perdu.

Des journalistes prenaient des notes et photographiaient la scène. Les flashs éclairaient légèrement la robe de Sarah, la faisant scintiller davantage.

— Et pour illustrer la nouvelle gamme Mars Attractive, j'ai besoin d'un visage qui représente la beauté de l'homme. Sans passer de casting, j'ai choisi moi-même l'égérie de Mars Attractive qui sera donc… HUGO !!!!

Elle ouvrit ses bras et comme tout était bien organisé, la lumière se diffusa sur Hugo, tenant son verre à la main, au milieu de la foule, ne croyant pas ce qu'il venait d'entendre. Il avala sa gorgée et faillit s'étouffer.

— Hugo, rejoins-moi, s'il te plaît, poursuivit Sarah, sûre d'elle.

Les personnes qui entouraient le jeune homme se mirent à l'encourager et à le féliciter. Toute la foule applaudissait, sifflait, ce qui donna à Hugo la force de monter sur l'estrade. C'était donc cela la surprise !

En rejoignant la scène, sa nouvelle vie commençait. Il ignorait encore les conditions de cette proposition, mais il se dit que son physique allait contribuer à sa réussite, comme il l'espérait.

Hugo, l'homme à la plastique de rêve, nouveau visage de la nouvelle gamme de l'immense entreprise VENUS COSMETIC se positionna debout à côté de sa nouvelle patronne, Sarah.

Elle lui fit un sourire franc pour le mettre en confiance. Il lui chuchota :

— Donc, je n'ai pas le choix ?
— Euh… nan, tu n'as pas le choix !

Sarah fit les éloges d'Hugo devant une salle enthousiaste.

Hugo, qui d'habitude souriait la bouche fermée, dévoila ses dents tel un requin assoiffé d'ambition.

— J'ai repéré Hugo dans un bar à côté, au MACCHIATO.

Marcel n'en pouvait plus et dit aux personnes qui l'entouraient, qu'elle parlait de son propre bar.

— J'ai tout de suite su que ce serait lui le visage de Mars Attractive. Je suis allée le voir plusieurs fois pour en être sûre et certaine ! Je suis désolée Marcel, mais il va falloir vous trouver un autre serveur, dit-elle en regardant le patron du bar.

Marcel fut soudainement éclairé par le faisceau lumineux et son visage désemparé à l'idée de perdre Hugo entraîna un fou rire général dans la salle.

Sarah termina son discours à voix haute et poursuivit en bas de l'estrade avec certains journalistes souhaitant l'interviewer. Elle prit Hugo par la main afin qu'il ne s'enfuit pas parmi les gens. Les journalistes en profitèrent pour le photographier. Hugo fut surpris par tant d'intérêt soudain à son égard. Plusieurs personnes le félicitèrent.

Les serveurs installèrent le dessert composé de choux à la crème en libre-service sur une grande table près de la scène. Hugo, qui semblait perdu par la récente annonce, chercha du soutien dans le regard d'Agathe et de Fab, mais ils étaient concentrés sur une partition. Marlène fit signe aux deux chanteurs de clôturer la soirée avec la chanson de la discorde : *Behind Blue Eyes* de *The Who*.

La musique calma un peu les journalistes et Sarah en profita pour inviter Hugo à danser. Il accepta et plaça ses mains autour de sa taille maigre. Elle le regarda dans ses yeux bleus, mais elle était suffisamment forte pour ne pas s'y perdre.

— Tu aurais pu refuser, tu sais !
— Je ne veux pas moisir au MACCHIATO, lui répondit-il, sourire aux lèvres.

— Tu as une belle destinée. Par contre, il faudra travailler, viens demain chez VENUS !

La partie rock de la chanson les fit se taire et se concentrer sur leurs pas de danse. Hugo fronça les sourcils, sûr de lui et, glorifier de la promesse de cette nouvelle vie, essaya de faire tourner Sarah. Bien que ses gestes furent élégants, comme toujours, Sarah vit qu'il ne connaissait rien à la danse.

— Je t'apprendrai ! lui dit-elle dans un rire explosif.

La chanson fut un succès et les différences de ton, s'il y en avait, ne furent pas perceptibles. La foule applaudit sans retenue, les mains claquaient fort et annonçaient, d'une certaine manière, la fin de la cérémonie.

Marlène, une dernière fois, investit la scène et remercia largement toutes les personnes s'étant déplacées pour ce gala exceptionnel. Elle salua personnellement Agathe et Fab pour leurs merveilleuses prestations et souhaita un succès immense à Mars Attractive et à son égérie, Hugo.

La soirée était terminée. Les serveurs pouvaient quitter les lieux et les invités, rentrer chez eux. Mais une bonne partie de la foule resta pour bavasser et se servir un dernier chou à la crème.

Hugo retrouva enfin Agathe et Fab. La jeune femme ne pouvait pas contenir ses émotions.

— Alors, tu vas nous quitter !
— Mais, non, pourquoi ?
— Avec ton boulot, tu vas changer de vie forcément…
— Je l'ignore encore, je ne sais pas moi-même ce qui m'attend !
— Je suis quand même ravie pour toi.

Agathe était, au fond, un peu jalouse et se voyait déjà perdre Hugo. Elle et Fab n'avaient pas eu de retour suite à leur concert et c'était Hugo, simple invité, qui voyait sa vie se transformer en conte de fée.

Fab, plus généreux, le félicita sincèrement pour ce travail.

Les trois habitants de la rue Saint-Dominique se préparèrent à quitter la rue de Grenelle. Agathe et Fab, dans les coulisses, enlevèrent leurs beaux costumes de scènes qui ne leur avaient valu aucune sollicitation d'un prétendu producteur.

Hugo et Marcel s'apprêtaient à passer la porte pour attendre dehors quand Sarah rattrapa Hugo :

— Tu peux venir avec moi, je vais te montrer l'entreprise VENUS COSMETIC, il n'y a que quelques portes à passer.

— Euh… je rentre avec mes amis…

— Mais vas-y Hugo, c'est ta nouvelle patronne qui te le demande ! lâcha Marcel.

— Mais je vais rentrer comment ? dit Hugo discrètement à Marcel pour éviter que Sarah n'écoute.

— Je pourrai te raccompagner, rétorqua Sarah qui avait entendu la remarque d'Hugo.

Hugo la regarda avec un air confus. Il se dit qu'il n'avait guère le choix. Lui refuser sa demande alors qu'elle lui proposait de le mettre en haut de l'affiche paraissait disconvenu. Mais il se sentait coupable de laisser Agathe et Fab alors qu'ils l'avaient tant aidé lors de son arrivée à Paris.

— Dis à Agathe et Fab que je rentrerai plus tard… qu'ils partent sans moi.

Marcel fit « oui » d'un mouvement de tête.

Chapitre 5

Sarah, heureuse qu'Hugo la choisisse elle plutôt que ses amis, le prit par la main et l'emmena au sein de son empire.

Elle lui présenta les bureaux administratifs, le secteur publicité.

— Tu vois, on fait tout en interne. J'ai mes propres publicitaires qui travaillent d'arrache pied pour mettre mes produits en avant. Et toi, tu seras principalement à côté… regarde…

Elle ouvrit une porte se trouvant dans l'open space et Hugo vit, stupéfait, un véritable studio photo avec du matériel pointu. Les fameux parapluies de studio étaient ouverts d'un côté à l'autre et des boîtes à lumières au design noir contrastaient avec le mur parfaitement blanc. Des toiles de fond étaient repliées dans un enrouleur. Sarah en déroula une au hasard pour montrer à Hugo dans quel décor son visage pourrait être mis en valeur. Sur celui qu'elle descendit, on pouvait y voir l'esplanade du Trocadéro avec au loin, la silhouette de la dame de fer.

— Vous ne faites pas vos photos en extérieur ?

— C'est très rare, il faut que la lumière mette parfaitement en valeur les visages.

Hugo s'interrogea et lui posa de nombreuses questions auxquelles elle répondit, sans s'épuiser. Il toucha le matériel et imagina déjà le déroulement d'une séance photo. Il singea le travail de mannequin et prit des postures burlesques dans le studio et Sarah s'amusa à le figer avec un appareil photo instantané. Ils se mirent à rire en regardant les clichés.

Sarah bougea les parapluies et les boîtes à lumière mimant un photographe professionnel qui maîtrisait le sujet. Elle installa un sofa jaune carmin qui meublait la salle d'accessoires attenante au studio et demanda à Hugo de s'y allonger. Elle fit quelques photos en lui demandant de prendre des postures différentes. Se rendant compte qu'elle avait grignoté tous les films de l'appareil, elle et Hugo remirent tout en place et celui-ci lui fit remarquer qu'il était regrettable d'avoir gâché tous ces films.

— C'est moi la patronne, réagit-elle, amusée et tu te rendras vite compte qu'ici, c'est l'abondance.

Cette réflexion entraina un sourire chez Hugo qui se sentit, à cet instant présent, le roi du monde !

Le regard ambitieux et le sourire large, il poursuivit sa visite dans les laboratoires de l'entreprise, guidé par Sarah.

Décor complètement différent jusqu'à maintenant, ils entraient dans le lieu de confection des cosmétiques favorites du peuple. Les locaux aseptisés contrastaient avec les bureaux visités jusqu'à présent. Le bruit des appareils réfrigérants ronronnaient dans la pièce déserte et silencieuse en cette soirée de gala.

— Vous fabriquez vos cosmétiques ici ? dit Hugo, en manipulant des éprouvettes laissées sur un poste de travail.

— Oui, du moins une partie, j'ai mes propres chercheurs. Ils fabriquent un échantillon ici puis il est testé ailleurs et si cela convient, il est fabriqué en grande échelle dans un de nos ateliers de fabrication.

— En fait, y'a des usines partout, mais le point de départ se trouve ici.

— Tu as tout compris !

Sarah se plaça sur un poste et mélangea quelques ingrédients laissés dans un frigo de laboratoire. Elle semblait appliquée et sérieuse suivant une recette située dans un gros classeur. Après quelques minutes d'assemblage et de mélange, elle se dirigea vers Hugo, un petit pot blanc à la main avec une spatule posée dessus.

— Tu vois, ça c'est le produit phare de Mars Attractive. Elle déposa un peu de produit sur la spatule et l'approcha d'Hugo.

— Qu'est-ce que c'est ?

— La première crème de jour antirides pour homme. Si tu commences à en mettre maintenant, tu garderas ton éclat, crois-moi !

— Comment pouvez-vous le savoir ? Elle n'est pas encore commercialisée…

— Parce que ça fait des décennies qu'elle est testée et que sa formule a été ajustée pour être vraiment efficace. C'est mes parents qui l'avaient mise en route ! Et par pitié, arrête de me vouvoyer !

— Comme tu veux… Tes parents ne sont plus là si je comprends bien…

— Non, malheureusement. Mon père est décédé le premier. Une rupture d'anévrisme… J'avais à peu près ton âge et j'étais la seule héritière… Je suis restée seule avec ma mère quelques années, elle m'a tout appris… jusqu'à ce qu'elle meure… d'un cancer.

— Je suis désolée, ça a dû être horrible pour toi.

— Oui, mais je suis fière aujourd'hui d'avoir sauvé l'entreprise et, sans me vanter, je l'ai même faite fructifier !

Sarah saisit la main d'Hugo et lui tartina un peu de crème de jour.

— Forcément, ce n'est pas exactement la même que celle qui sera vendue, mais admire la texture et l'odeur.
— C'est vrai qu'elle sent l'homme, dit Hugo en rigolant.
— C'est exactement ce que j'espérais que tu dises !

Les yeux de Sarah s'éclairèrent face au naturel d'Hugo. Le nez dans les affaires depuis le décès de ses parents, elle ne s'était autorisé aucune fantaisie et le rire d'Hugo, ce soir-là, ce rire magnifique égayant son visage masculin parfaitement dessiné, réveilla chez elle sa nature enjouée et la libéra des tensions musculaires engendrées par son stress permanent, oxydatif.

Hugo, se montrant intéressé, encouragea Sarah à poursuivre la visite :

— Et est-ce qu'il y a d'autres endroits à voir ?
— Oui, une dernière pièce. Suis-moi !

Sarah et Hugo quittèrent l'immense laboratoire vide et sombre.

Ils longèrent un couloir qui séparait les différents locaux et atterrirent dans une chambre.

— C'est quoi, ça ? questionna Hugo, surpris.

— C'est l'appartement de la PDG !

— Tu vis ici ?

— Quand je passe trop de temps ici et qu'il est tard, oui ! J'en avais marre de dormir la tête sur mon bureau !

— Tu travailles tant que ça ?

— Je supervise tout, tu sais. Je ne laisse rien au hasard, c'est ça le secret ! Mes équipes sont brillantes, mais elles ne sont pas aussi investies que moi…
Cette entreprise c'est l'héritage de mes parents, tu comprends… je ne fais que ça, le long des jours…

— Oui, je vois…

— Et tu sais, on est très bien là ! dit-elle en se jetant sur le lit double. Et regarde, il y a la salle de bain qui va avec !

Sarah montra du doigt à Hugo une porte coulissante. Il la poussa, appuya sur l'interrupteur et découvrit une jolie salle de bain avec douche, vasque et toilettes. La beauté de l'endroit contrastait avec l'odeur de moisissures.

— Ta salle de bain est jolie, mais elle est trop humide, je vois des champignons dans la douche…

— Ah bon ? dit Sarah depuis le lit, relevant le haut de son corps.

Il se vit dans l'imposant miroir qui surplombait le lavabo et se redressa. Il ne répondit pas à Sarah. Il se trouvait beau, puissant. Il était en compagnie d'une des femmes les plus riches de France. Son empire était colossal et n'avait pas fini de prospérer. Lui, provincial découragé sans argent, sentit la force des grands décideurs de ce monde l'envahir. Il allait réussir ! Cette nuit, il se le promettait !

Repassant la porte, son Smartphone se mit à vibrer.

C'était Agathe. « Tu ne rentres pas ? J'aimerais que tu sois là ! »

Hugo changea de tête et Sarah le remarqua. Elle s'assit au bord du lit et lui demanda ce qu'il se passait.

— C'est Agathe, elle s'inquiète…
— Agathe ! Ah, mais oui, c'est ta petite amie !
— Euh… non, pas vraiment, je suis lié à personne.
— Tu veux que je te ramène ?
— Je l'ignore… tu veux faire quoi, toi ?
— Je vais peut-être rentrer chez moi ! assura-t-elle, en se levant.
— Mais tu habites où ?
— Rue Saint-Dominique, quartier du Gros-Caillou !
— Quoi… ? Moi aussi, mais quartier Invalides il me semble ! Avec mes deux colocataires Agathe et Fab !

— Et bien, rentrons ensemble !

— À pied ?

— À moins que tu préfères à moto ? Mais, dans ce cas, il faut que je change de tenue…

— Tu fais de la moto ?

— Oui, t'as l'air surpris !… Allez, je ne veux pas t'effrayer, rentrons à pied ! Ce n'est pas si loin et il fait bon, en plus !

Elle fit le guide une dernière fois et ils sortirent par la grande porte publique, celle que les employés de Sarah prenaient le matin. Hugo vit, dans l'entrée éclairée, un grand parking avec au loin, une barrière électrique et une petite cabine.

— Y'a quelqu'un dans la cabine, s'inquiéta Hugo.

— Oui, jour et nuit, nos formules cosmétiques doivent rester bien gardées.

Ils passèrent devant la cabine.

— Bonne nuit Arnaud, tu peux brancher le système, il n'y a plus personne.

— Ok, je fais ça tout de suite. Bonne nuit Sarah !

Hugo, stupéfait, avait l'impression d'avoir pénétré un site important et d'être devenu quelqu'un susceptible de trahir cette immense entreprise. Cela lui plut d'avoir cette possibilité. Il n'en ferait rien, mais ça le valorisait.

— Tout ce système sous-entend que je ne pourrai pas rentrer comme ça, demain !

— Exactement, tu entreras avec moi et ils te prépareront un badge dans la matinée. Tu dois le présenter pour entrer et sortir.

Sur le chemin, Hugo raconta son début de vie à Sarah : son enfance solitaire, ses parents prudents et bienveillants, travaillants dur pour gagner une misère. Curieux, il lui demanda pourquoi elle l'avait choisi sans prendre la peine de faire un casting. Elle lui répondit qu'elle n'avait pas menti lors du gala. Elle avait réellement su, en le voyant, que ce serait lui et que pour s'en assurer, elle s'était rendue, les soirs suivants, au MACCHIATO pour le regarder sous tous les angles et sous des lumières différentes.

— Tu as un visage magnifique, tu es l'homme idéal pour ma nouvelle gamme.

Hugo l'avait bien entendu au gala, mais ses oreilles avaient soif de tels compliments. Cela lui donnait la confiance dont il manquait. Chaque éloge faisait remonter son amour-propre, mais il lui fallait recevoir des louanges régulières pour se sentir bien et en confiance, sur du long terme.

Ils arrivèrent à hauteur de l'immeuble d'Hugo.

— Tu vois, moi j'habite plus loin, près de la tour
Eiffel !

— Je parie que tes fenêtres donnent sur elle !

— Qui sait ? dit-elle en partant, sourire aux lèvres. Et je
t'attends ici, demain, 9 heures, on fait comme ça ?

Elle ne laissa pas le choix à Hugo. Sa silhouette
avançant et disparaissant dans l'obscurité de la rue Saint-
Dominique, il lui cria :

— Oui !

Il la regarda jusqu'à ce qu'il ne voie plus d'ombre
bouger et s'inquiéta pour elle. Il la trouvait courageuse et
forte de marcher seule dans les rues de Paris en pleine nuit.

Il regagna l'appartement 34. Il le jugeait étriqué, mais
tout de même imprégné de chaleur humaine.

Cette nuit, pourtant, le rêve avait été permis chez
VENUS COSMETIC. Le luxe et l'humanité avaient été
réunis. Il était donc possible d'être riche et de posséder une
âme.

Hugo enleva son costume et s'allongea à côté
d'Agathe, déjà endormie.

Quelques heures plus tard, le jour entra par les persiennes abimées par le temps. Hugo ouvrit les yeux et vit Agathe juste en face de lui qui le regardait en lui caressant les cheveux.

— T'es quand même rentré !
— Oui, bien sûr… dit-il en se levant et en mettant un pantalon. Il est quelle heure ?
— Euh… Huit heures passées ! Pourquoi tu dois partir ?
— Oui, Sarah me prend à neuf heures en bas.

Agathe bondit du lit et enlaça Hugo.

— J'espère que ça ne change rien entre nous ? lui murmura-t-elle près de son oreille.
— Agathe, souviens-toi ! Je t'ai prévenu plusieurs fois ! Ne me fais pas une crise… On n'est pas en couple !
— Mais tu me désires encore, hein ? en prenant les mains d'Hugo et en les plaçant sur ses hanches.
— Oui, tu sais bien… t'es exceptionnelle… mais ne m'étouffe pas.

Et il gagna la pièce à vivre où il trouva Fab assoupi sur le canapé, devant une série italienne. Il prit un café et se mit assis à côté de son ami. Il pensa que c'était peut-être la dernière fois qu'il prenait son petit-déjeuner ici, sentant la pression d'Agathe qui, apparemment, n'avait pas compris qu'il ne s'attacherait pas à elle sentimentalement parlant.

Bercé par les voix italiennes, Hugo se relaxait avant d'attaquer sa première journée en tant qu'égérie d'une grande marque. Soudain, un klaxon qui venait d'en bas de l'immeuble lui fit faire un saut et son café se renversa sur son ami Fab, qui était nu, encore une fois.

— *Puttana, mi hai bruciato il cazzo* !!! dit Fab en sursautant et en se levant expressément.
— Merde, excuse-moi !

Hugo était vraiment désolé d'avoir brûlé son ami au niveau des parties génitales. Fab se dirigea vers la douche, y resta quelques secondes le temps de s'inspecter puis ressortit :

— T'inquiètes pas, elle est comme neuve, mais l'application d'une petite crème l'adoucirait, tu lui dois bien ça ! dit Fab, amusé.
— En tout cas, quand tu es surpris, tu parles bien l'italien, répondit Hugo en allant regarder par la fenêtre tenant d'une main la tasse ne contenant plus qu'un fond de café.

Plutôt rassuré par la brûlure, plus que superficielle de son ami, il put se concentrer sur la prochaine étape de sa journée : se rendre chez VENUS COSMETIC et ça ne tarderait pas puisqu'une moto était stationnée en bas et il reconnut la chevelure de Sarah. À califourchon sur son bolide, elle était vêtue entièrement de cuir, ses cheveux longs flottaient légèrement dans le vent. Elle leva la tête et fit signe à Hugo, médusé, de venir. Il n'en revenait pas de voir une jeune femme aussi accomplie. Il s'apprêta à quitter l'appartement quand Agathe sortit de la chambre et fit un sourire tendre à Hugo. Celui-ci stoppa sa course, lui rendit son sourire et fila. Il descendit les escaliers, stressé et impatient de débuter sa carrière de mannequin.

— Alors, prêt ?

Sarah tendit un casque à Hugo, il l'enfila et prit garde de ne pas déséquilibrer l'engin en le chevauchant vu la différence de poids entre eux deux. Sarah paraissait menue, mais était loin d'être fragile. La moto bougea à peine. Elle tenait le guidon fermement. Ils partirent direction VENUS COSMETIC. Ils arrivèrent à hauteur du portail où l'agent de sécurité était censé contrôler les badges. Avec Sarah, la barrière monta illico.

Hugo fit ses premiers pas officiels en tant que collaborateur de Sarah dans l'entreprise. Elle le présenta à tout le monde et notamment à son cousin Tony qui était posté à son bureau de DRH. Sarah et lui étaient très proches. Il faut dire qu'il l'avait beaucoup soutenue lors du décès de ses parents. Il était même resté vivre avec elle quelque temps pour briser la solitude trop brutale qu'elle dut endosser.

Tony eut une bonne impression d'Hugo. D'ailleurs c'était le cas pour tous les employés. Qui ne pouvait pas aimer Hugo ! Un physique de rêve associé à des mimiques modestes, il se mettait à la portée de tout le monde. Il fut poli, courtois, souriant. Il était bien bâti, respirait la santé et inconsciemment, les gens aimaient cela. Primitivement attirés par lui, plusieurs personnes vinrent lui parler afin de connaître son parcours, ses désirs. Il attira déjà l'œil de certaines demoiselles assises à leurs bureaux et un peu trop intimidées par la beauté du jeune homme pour se lever et engager une conversation. Les femmes d'un certain âge, elles, ne se gênaient pas, mais respectaient tout de même le nouveau mannequin.

— T'as une gueule d'ange ! exprima une cinquantenaire depuis son bureau.
— Oh, la vache ! On en a vu des mannequins, mais alors toi, tu vas faire trembler Hollywood ! enchaîna une femme proche de la retraite de sa voix rauque.

Ce matin-là, il fut la mascotte de tout ce fourmilier employé à satisfaire Sarah Marques et à pérenniser son entreprise. Cette dernière laissa du temps à Hugo pour qu'il fasse connaissance avec ses collègues et qu'il se sente à l'aise.

Sarah lui indiqua ensuite de rejoindre Tony pour signer son contrat.

— T'es un petit veinard, toi, t'as même pas passé de casting, dit Tony comme s'il connaissait Hugo depuis toujours.

— Euh…

— Hé, détends-toi ! Tu sais, on s'entend tous bien ici et tout le monde se tutoie. On ne se cache rien, on se dit les choses, ok ? Et surtout, on ne se prend pas la tête. T'as une patronne exigeante, mais tu verras que tant que tu la respectes et que tu fais ce qu'elle te demande, tout se passera bien !

— Ok…

Hugo, un peu secoué par l'aisance de Tony et de toute l'équipe s'effaça légèrement. Il fut surpris par autant de liberté surtout dans une entreprise aussi importante. Tony lui présenta son contrat d'égérie.

— T'es pas encore célèbre donc tu ne vas pas empocher le million tout de suite, mais Sarah te propose 200 000 euros pour six mois, le temps de lancer la marque.

— Quoi ?

— Tu trouves que ce n'est pas assez, c'est ça ?

— Hein ?

Hugo ne trouvait plus les mots. Il faisait le calcul dans sa tête. Son père gagnait environ 2 500 euros par mois, ce qui en un an représentait un total de 30 000 euros. Lui, il gagnerait presque sept fois cela en deux fois moins de temps.

— Hé !! Hugo ?? T'es avec moi ?

— Euh… oui, oui, excuse-moi. Non c'est très bien 200 000 euros !

Il essaya de se ressaisir et faire comme si tout cela était normal.

— Il y a autre chose ! poursuivit Tony.

— Oui ?

Hugo était maintenant prêt à tout entendre.

— Sarah voudrait aussi t'employer comme un salarié normal.

— C'est-à-dire ?

— Elle m'a signifié qu'elle voulait que tu connaisses un peu tous les domaines ici afin de bien maîtriser la marque et les produits que tu vas représenter. Ainsi, lors des campagnes et des interviews, tu sauras répondre aux journalistes et c'est important pour elle que tu ne sois pas juste le beau gosse de service, ok ?

— Euh, oui, mais cela veut dire que je vais avoir des horaires de bureau ?

— Là, tu t'engages pour t'investir dans l'entreprise. La vie privée, tu peux oublier pour l'instant. T'as une copine ?

— Euh… non !

— C'est très bien, répondit Tony avec assurance en imprimant le contrat.

Hugo regarda le contrat, de façon superficielle et tout en signant, osa demander à Tony :

— Et comment ça se passe le versement de l'argent ?

— Le contrat en lui-même comprend toutes les photos, tous les spots publicitaires, les évènements et les communiqués de presse. Pour cette partie artistique, tu touches 200 000 euros pour six mois. Par contre, on n'aura pas toujours besoin de toi. Donc, c'est comme un forfait si tu préfères. Sarah a proposé un échéancier afin d'étaler le versement. Elle te propose de te verser un peu moins de 70 000 euros tous les deux mois. Ton premier versement serait donc au moins de novembre. Tu vois, c'est écrit là.

Tony lui sortit le document de son contrat qui spécifiait les fréquences de ses rémunérations. Hugo paraissait dubitatif.

— Cela signifie que je n'aurai aucun salaire pendant deux mois tout en travaillant ?

— Bien sûr que non… comme je te l'ai dit, Sarah demande ta présence aux jours de l'ouverture de l'entreprise et ce, pendant au moins deux mois. Ce qui te fera un petit salaire d'appoint, en plus du reste, de 2 200 euros net par mois.

— C'est dingue ! C'est deux fois plus qu'au bar !

— Euh… là oui, je pense que la roue a tourné pour toi, mon garçon.

Sarah s'approcha du bureau de Tony.

— Tu lui as parlé de la chambre ? dit-elle à voix haute.

— Ah, oui… la chambre, j'allais oublier !

Hugo souleva un sourcil et attendit des explications de la part de Tony qui s'apprêtait à reprendre la parole.

— Sarah te propose de prendre la chambre ici, sur place. Comme tu viens de province et que tu n'as pas vraiment de lieu de résidence, elle tient à ce que tu te sentes bien. Je peux te la montrer, si tu le souhaites.

— Inutile, c'est déjà fait ! lâcha Sarah appuyée contre l'encadrement de la porte.

— Je ne veux pas en savoir davantage, plaisanta Tony.

Hugo, assez gêné ne savait quoi répondre. Il avait le sentiment, qu'encore une fois, elle le prenait par la main et le dirigeait. Les choses avaient été amenées afin qu'il ne puisse pas refuser. Tout était bien orchestré. Mais en même temps comment refuser 200 000 euros en six mois ?

Il songea aussi à Agathe et Fab. C'était comme renier ce qu'il avait été avant ce gala. Il ignorait si accepter cette chambre allait l'éloigner d'eux. Et puis, il pensa surtout à lui. Cette chambre présente dans l'entreprise offrait un confort sans égal. Pas de transport pour aller au travail et, privé d'Agathe, il pourrait enfin dormir la nuit.

— Oui, j'accepte la chambre.
— Très bien, répondit Sarah, tu auras toute ton intimité, rassure toi.

Et elle partit dans le couloir, interpellée par Marlène, sa secrétaire aux petites lunettes.

Midi, l'heure du déjeuner. Tony accompagna Hugo au self de l'entreprise.

— Je n'avais pas visité cette partie-là, remarqua Hugo.
— Ça n'a pas grand intérêt, mis à part pour manger. Et une fois de temps en temps, tu travailles en mangeant… mais c'est surtout les chefs de produits, ceux qui blablatent pendant des heures sur le marché, la concurrence, la production…
— Comment ça, ils travaillent en mangeant ?

Hugo eut la réponse en entrant dans la cantine de l'entreprise. Le self donnait sur un immense réfectoire ouvert et au fond de la pièce il vit un endroit mis à l'écart, séparé par des brise-vues. Au-dessus, des panneaux étaient suspendus et on pouvait y lire : *Ici, on se nourrit l'esprit.*

Hugo et Tony se firent servir par Anita, la cantinière. Filet de poisson meunière et brocolis vert fluo.

— Désolée, il n'y a plus de pommes de terre, s'excusa Anita en servant une louche de légumes à Tony.

Hugo chuchota à l'oreille de son collègue :

— C'est vraiment comme à la cantine !

Ils s'installèrent non loin de la zone ''manger en travaillant''. Hugo, curieux, distinguait des mouvements de bras à travers les brise-vues ajourées. Il entendait parler chiffres, nouveaux produits. Il aperçut, Sarah, concentrée, qui prenait des notes.

— C'est une dingue du boulot !
— Oh que oui, une boulimique !
— Pas pour la nourriture en tout cas…
— Non, trop occupée à prendre des notes, elle ne mange quasiment jamais.

Hugo la regarda longuement pendant son repas. Une boule se formait dans sa gorge. Il n'en revenait pas de voir une femme comme elle. Cette façon qu'elle eut de l'intégrer dans l'entreprise et de le chouchouter, lui mettait une certaine pression. Il sentait en elle une force extrême et une exigence profonde. Et tout cela sur un fond détonnant de décontraction. Il sentit que son téléphone vibrait. C'était sa mère, Céline. Ils s'étaient échangés quelques messages ces derniers jours, mais aujourd'hui, elle cherchait à lui parler.

— Comment ça se passe après le déjeuner, on peut prendre l'air ? demanda-t-il à Tony.
— Y'a une heure de pause déjeuner donc c'est à toi de gérer ton temps. Moi, en général, je retourne à mon bureau tout de suite avec un café et je drague Clara ou Annabelle, les deux secrétaires en mini-jupe, t'as dû les voir !

Hugo qui n'avait plus faim, sortit du réfectoire pour appeler sa mère.

— Hugo, tu vas bien ?
— Oui, très bien, j'ai une bonne nouvelle d'ailleurs !
— Ah oui ? Nous aussi !
— Dis-moi ?
— On vient ce weekend, à Paris, pour te voir. Ton père et moi avons pu avoir des billets pas chers avec le comité d'entreprise.
— C'est génial !

Hugo, réjouit de la nouvelle, se posa la question de l'hébergement.

— Et vous allez dormir où ?

— Je pensais que tu pourrais nous héberger si ça ne t'embête pas, vu que tu as de la place. On voudrait économiser, finalement la voiture de ton père est HS, faut qu'on la change. Ça ira ?

— Oui, oui, bien sûr…

— Super. Et c'est quoi ta bonne nouvelle ?

— Euh… j'ai trouvé un super boulot. Je te raconterai !

— Génial, on sera là vendredi soir, je te recontacte. Bisous mon grand !

Dans les dernières conversations avec sa mère, il lui avait menti en lui cachant sa colocation. Par ailleurs, pour la rassurer, il lui avait raconté qu'il vivait dans un appartement confortable. Ce n'était pas un gros mensonge, mais leur arrivée détruisait l'image qu'il souhaitait donner à sa mère. Il serait finalement dans une chambre de bonne au sein de l'entreprise qui l'employait. Ça ressemblait à un travail de domestique, finalement.

Sarah passa à la hauteur d'Hugo. Le voyant perdu dans ses pensées, elle lui demanda si tout allait bien.

— C'est mes parents… ils débarquent ce weekend et ils pensent que j'ai un super appart' et que je vais pouvoir les accueillir !

— Ah ! La tuile ! Quelle idée de leur mentir aussi... Tu
pourras t'installer chez moi pour ce weekend, si tu
veux !
— Quoi ?... non, c'est super gênant !
— Je pourrais prendre la chambre de l'entreprise, ça ne
me dérange pas.
— Non, je ne vais pas te chasser de chez toi.

Hugo regardait fixement Sarah pour capter le niveau de
sincérité dans ses yeux et savoir si sa proposition
présentait une valeur réelle ou si ce n'était que des mots en
l'air, car en vérité, cela l'intéressait. Sarah saisit son
hésitation.

— On ne va pas se prendre la tête, Hugo. Je te laisse ma
maison et c'est bien comme ça ! On rentre ensemble
ce soir, comme ça je te le ferai visiter. Et ça me fera
du bien de rentrer tôt, je suis naze.
— Ok, répondit Hugo, bouche bée, regardant Sarah,
partir vers d'autres collaborateurs.

Il regagna le bureau de Tony pour connaître le
programme de l'après-midi.

— Est-ce que j'ai une fiche de poste ? J'ai l'impression
d'errer et de t'embêter.
— Ce n'est pas prévu, mais il faudrait le suggérer à
Sarah. Mais pour l'heure, tu as droit à ta première

séance photo. Je te guide jusqu'au studio ou tu sais ?...

— Je devrais le retrouver, merci !

Hugo traversa un grand couloir et y croisa Clara et Annabelle, dossiers à la main. Elles le regardèrent ardemment et une fois passées à son niveau, ricanèrent comme deux adolescentes en émoi. Il sourit par habitude, par politesse, mais au fond il semblait quelque peu lassé par ces gamines superficielles. Ça lui rappela sa vie dans sa ville de résidence, à Vienne. Les groupes de filles qui se chamaillaient pour espérer une petite attention de sa part. Cette compétition entre elles avaient fini par le dévaloriser, finalement. Il avait même pensé qu'avec un physique commun, il aurait trouvé une femme sincère, tout simplement. Qu'elle l'aimerait pour ce qu'il est, sans rivalité, émulation, concurrence.

On ne peut pas tout avoir, pensa-t-il.

Car si sa beauté pouvait être handicapante, par moment, c'était grâce à elle qu'il se retrouvait là, dans le studio photo de VENUS COSMETIC. En ouvrant la porte, il vit une femme, cheveux longs méchés et ondulés, vêtue d'un jean large et d'un sweat-shirt. Elle réglait la luminosité.

— Je suppose que c'est toi, Hugo ? engagea-t-elle.
— Oui !

— Moi c'est Eva, la photographe. Une bonne séance nous attend. Va juste à côté, Nathalie te prendra en charge.

Il aperçut effectivement une femme brune avec un petit chapeau ancien fixé sur la tête. Maquillée simplement d'un trait sur les yeux, elle semblait mélanger des fards.

— Approche ! dit celle-ci.

Nathalie était la maquilleuse et préparait ses palettes. Elle le fit s'asseoir sur un tabouret et commença à appliquer des poudres.

— Mais, je ne porte pas les crèmes de Mars Attractive pour les photos ?

Elles se mirent à rire toutes les deux.

— Excusez-moi, je suis nocive ! renchérit-il.
— T'inquiètes pas… tu représentes la marque, mais le plus important c'est que ton teint soit mat pour les photos. La brillance est interdite ! Les produits de la gamme, tu pourras les tester chez toi si tu veux, mais ici, tu ne mettras que du fond de teint et de la poudre ! expliqua la photographe, très professionnelle.
— Je vais aussi souligner les expressions de ton regard avec un trait de crayon, ajouta Nathalie.

Sarah débarqua dans le studio. Elle souhaitait voir le visage d'Hugo maquillé et regarder les premiers clichés. Hugo commença sa séance et Eva lui indiqua quelles postures prendre. La toile de fond représentait, bien entendu, le système solaire et notamment la planète Mars qui dominait les autres astres. Sarah aiguilla Eva afin qu'elle saisisse bien le résultat escompté. Elle s'approcha d'Hugo, lui toucha le visage pour le placer dans la direction qu'elle voulait. Elle mima l'expression des traits qu'elle souhaitait, pour la première affiche de la gamme pour hommes. Hugo se mit à rire face aux grimaces de Sarah, qui n'arrivait manifestement pas à tenir les mimiques voulues. Bien que très sérieuse, elle se lâcha aussi et la séance partit en fou rire.

À la fin de la journée, Sarah et Hugo regardèrent les clichés sur l'ordinateur pendant qu'Eva, la photographe, rangeait son matériel.

En les voyants, elle sut qu'elle avait fait le bon choix. Hugo captait la lumière. Les reliefs de son visage créaient un contraste naturel et lui conféraient une allure très masculine et cela, sans maquillage excessif.

— Il n'y a même pas besoin de retouches, c'est incroyable, exprima Sarah.

Eva partagea le ressenti de la PDG. Elle ajouta à la remarque de Sarah :

— C'est comme si les retouches avaient déjà été faites, alors que je n'ai rien modifié. J'ai rarement eu le cas dans ma carrière. Et le must du must c'est que le naturel se perçoit à travers les clichés. Ça se voit que sa beauté est innée !

Sarah la regarda, figée, en acquiesçant ses paroles d'un léger mouvement de tête. Hugo, gêné, fit semblant d'analyser ses photos de plus près pour qu'elles ne le voient pas rougir. En réalité, il était également ébloui par son physique. Jamais photographié de la sorte, il lui semblait regarder un autre homme. Et à force de se voir, il se reconnut. Il se trouvait beau, très beau ! Et il comprit ce que les autres personnes pouvaient ressentir en le voyant. Car, lui-même, fut attiré par ces clichés. On y voyait une personne vigoureuse, dotée de traits masculins parfaits.

Sarah sut que sa nouvelle gamme allait faire un carton grâce à ce visage attirant. Assise sur un petit tabouret, accoudée au bureau, un frisson l'envahit. L'excitation due à la campagne publicitaire. Elle imaginait déjà les réactions liées à la publication de ce nouveau portrait.

Il était 18 heures quand les salariés de VENUS COSMETIC commencèrent à partir. Hugo attendait Sarah qui s'affairait encore pour quelques minutes dans son bureau. Tony s'apprêtait à partir et passa devant Hugo.

— Tu ne fais pas n'importe quoi avec ma cousine, hein ?

— Non, pourquoi ?

— Je te taquine ! Mais fait attention quand même ! Elle a assez souffert…

Il quitta l'entreprise laissant Hugo, perplexe. Il ignorait quelle était l'intention de Sarah en faisant tout cela pour lui. Il pensa qu'elle s'intéressait à lui, mais leur différence d'âge semblait annuler d'emblée cette éventualité. Pourtant… Elle s'investissait grandement pour lui aussi bien au niveau professionnel que personnel.

Sarah apparut en tenue de motarde et fit signe à Hugo de le suivre. Ils repassèrent la barrière et il lui demanda de s'arrêter afin qu'il récupère ses affaires chez Agathe et Fab. Cette situation lui serrait quelque peu la gorge. Il devrait affronter Agathe.

Arrivé à l'appartement 34, celle-ci se tenait dans la pièce à vivre, prête à se rendre au MACCHIATO. Hugo la regarda armé de son doux sourire et s'engagea dans la chambre et pour une fois, elle ne le suivit pas. Cependant, elle entendit qu'il rangeait ses affaires et la fermeture éclair de son bagage lui fit comprendre la suite des événements. Hugo passa la porte, sac au dos.

— Alors, ça y est, tu t'en vas ? lui dit-elle calmement.

— Oui, je vais devoir me consacrer à 100% pour l'entreprise. Je ne peux pas rester.

— Tu vas déjà vivre avec elle ?

— Bien sûr que non.

— Tu sais, si jamais tu dégringoles, Marcel sera ravi de te reprendre… et moi aussi.

Et elle se retourna mettant fin au dialogue. Le téléphone de la jeune femme sonna. Elle décrocha et il l'entendit vaguement dire :

— Oui, je vous le donnerai… Deux mois de retard ? Non je ne crois pas… Nous l'avons payé… Fab était venu, il me l'a dit…

Hugo comprit qu'elle avait encore affaire à son harceleur de propriétaire. Il partit en toute discrétion, sans faire de bruit, actant, par son départ, l'arrêt de sa participation aux frais exorbitants de la location du 35 mètres carrés. Il déposa sa clé sur un des chapeaux de Fab, dans l'entrée.

L'entrevue avait été bienveillante et tendre, ce qui rassura Hugo.

Chapitre 6

Sur la moto qui le conduisait chez Sarah, Hugo voyait la tour Eiffel qui se rapprochait de lui.

— J'aimerais bien y aller ! cria-t-il dans le casque.
— Oui, on ira !

Sarah tourna et s'arrêta au bord de la chaussée d'en face. Elle ouvrit une grosse porte cochère en bois. Elle avança son bolide à l'intérieur. Hugo vit une petite cour, une remise et une maison de charme au style ancien, accolée à des immenses murs gris en pierre. La luminosité du mois de septembre mettait en valeur l'endroit isolé, calme et pourtant en plein cœur de Paris.

Une femme sortit par la porte d'entrée.

— Ça va Virginie ? lança Sarah en s'adressant à celle qui quittait sa maison.
— Oui, madame. Bonne soirée à vous !
— Merci, à mercredi.

La petite trentenaire à l'allure banale passa la porte cochère avec son cabas et repartit.

— Qui est-ce ? demanda Hugo, curieux.

— C'est ma femme de ménage.

Hugo, ébloui par le rang social des personnes pouvant s'offrir les services d'une femme de ménage, fit son sourire ambitieux et pensa à sa future maison et au personnel travaillant pour lui. Avec les éloges qu'il avait reçus cet après-midi, il touchait ce rêve du bout des doigts.

En entrant dans la maison de Sarah, Hugo sentit une charge émotionnelle l'envahir. Peut-être due aux cadres photos un peu partout qui habillaient les murs. Il devina les visages des parents de Sarah. Il la vit enfant sur plusieurs cadres. Elle semblait heureuse.

L'entrée était spacieuse et un escalier s'y dressait. Des petits poufs et des fauteuils dans tous les coins rendaient l'endroit chaleureux et donnaient envie de s'y asseoir pour les tester. Une grande cuisine toute équipée donnait sur une immense salle à manger. Deux marches à descendre pour arriver dans un salon très confortable. Trois grands canapés centraux et plusieurs fauteuils anciens placés de façon hasardeuse le long des murs meublaient la pièce. Une cheminée en pierre apportait du cachet à ce salon luxueux. Les portes fenêtres larges laissaient entrer la lumière à travers des rideaux semi-opaques d'un blanc crème booster d'éclat.

Sarah s'approcha d'une de ces portes-fenêtres et demanda à Hugo de fermer les yeux. Elle tira le rideau.

— Ouvre ! lui dit-elle.
— Waouh, c'est incroyable !

Hugo fut surpris. Une magnifique terrasse s'étalait devant lui et offrait une vue sur la dame de fer.

— Et attends, tu n'as pas tout vu !

Elle le prit par la main et repartit dans l'entrée pour monter l'escalier. Arrivés à l'étage, elle ouvrit une porte et il découvrit une chambre énorme avec dressing, valet pliant et buste de présentation avec pendue dessus, une robe de chambre de couleur parme. Des affiches de publicité de VENUS COSMETIC, couvraient les murs. Une coiffeuse avec toutes sortes de présentoirs à bijoux trônait à côté de la porte-fenêtre. Hugo s'y approcha, caressa quelques pendants d'oreille, suspendus au porte-bijoux et ouvrit la fenêtre tout en regardant Sarah, qui semblait impatiente de voir la réaction d'Hugo.

La chambre donnait sur un balcon assez large pour y tenir une table et deux chaises. Un parasol permettait de s'y installer sans être ébloui par le soleil et, cerise sur le gâteau, vue sur la tour Eiffel avec plus de hauteur, cette fois-ci.

— C'est ici que tu prends ton petit-déjeuner ?

— Oui, cela m'arrive.

Hugo eut l'envie soudaine de ne plus quitter cette maison. C'était de cela qu'il rêvait. Sarah continua à lui faire visiter le bien hérité de ses parents. De la salle de bain en marbre blanc à la salle de cinéma en passant par les autres chambres avec chacune d'elles, une salle d'eau privative, Hugo en prit plein les yeux.

De retour au rez-de-chaussée, Sarah ouvrit la porte de la pièce secrète, fermée à clé ne laissant pas d'accès à Virginie, la femme de ménage. Encore une immense salle très cossue, tableaux de maîtres au mur, deux gros bureaux en teck massif assombrissaient la pièce et lui donnaient du caractère. Des étagères parfois très hautes imitaient les gratte-ciels de New-York. Ils se trouvaient dans le ''quartier affaire'' de la maison de Sarah.

— Tu travailles ici ?

— Oui, et c'est la seule pièce où je fais le ménage et ça se voit !

Elle passa son doigt sur une des étagères et montra à Hugo la poussière capturée sur son index.

— Deux bureaux, ce n'est pas un peu trop ?

— Ils appartenaient à mes parents. Chacun le sien… et puis finalement ce n'est pas du luxe. Chaque bureau a sa fonction.

Elle lui montra que l'ancien bureau de son père comprenait les papiers d'ordre administratif et commercial alors que celui de sa mère soutenait les archives des dossiers publicitaires ainsi que certaines formules de cosmétiques.

Hugo y vit plusieurs clichés de jeunes femmes qu'il avait déjà aperçues sur des affiches publicitaires dans sa ville d'origine.

— J'ai vu cette femme placardée sur un abri de bus de ma région, réagit-il, amusé.
— Oui, c'est Lisa, elle a été l'égérie de la gamme bio de VENUS.
— Elle n'y est plus ?
— Non, la campagne est terminée. Pour l'instant, on se concentre sur Mars Attractive.
— Ta maison est vraiment magnifique.
— C'est grâce à mes parents, c'était à eux. Elle est presque restée telle quelle, mis à part quelques modernisations. Pour ce weekend, je laisserai cette pièce verrouillée si ça ne t'embête pas. Tu pourras toujours dire que c'est la propriétaire qui l'exige !
— Pas de soucis.

— On va voir la tour Eiffel ?

— Avec plaisir.

Hugo regarda Sarah, cacher la clé de la salle des bureaux dans une petite boîte disposée sur un meuble du large couloir. Elle n'essaya pas de dissimuler la cachette. Elle faisait naturellement confiance à Hugo.

Dans l'entrée, prêts à partir, ils virent par les carreaux, le temps mi-figue mi-raisin qui laissait présager une averse. Sarah enfila sa parka jaune et prit un parapluie assorti qu'Hugo tenait pendant qu'elle verrouillait la porte les menant à l'extérieur.

Les deux collaborateurs, étrangement liés, marchèrent côte à côte dans la rue parisienne comme s'ils étaient portés par la beauté et l'élégance. Leurs physiques de rêve se confondaient dans le décor fascinant de la ville Lumière. Sarah, bien que trop mince et trop âgée pour plaire à Hugo, pouvait passer facilement pour un mannequin. Élancée, classe et atteignant presque la hauteur de son égérie, elle se fit remarquer par les passants et Hugo s'en rendit compte. Bercé depuis quelques jours par le luxe, il se redressa davantage et sentit que marcher à côté d'elle le mettait d'autant plus en valeur et cela lui plu.

Comme le ciel l'avait annoncé, la pluie tiède s'abattait sur leurs visages, mais ils gardèrent malgré tout, la tête haute et ils s'abritèrent sous le parapluie aux couleurs du soleil. Hugo observa Sarah qui marchait avec beaucoup de prestance. Il fit de même.

Le mauvais temps laissa place à une éclaircie. Les rayons illuminèrent le parapluie et firent briller les gouttes ruisselantes secouées vigoureusement par Hugo qui refermait le pépin.

Devant la tour Eiffel, Hugo fut ébloui par le monument tant convoité. Il prit plusieurs photographies avec son téléphone. Sarah se laissa photographier et ils capturèrent quelques selfies.

En marchant, ils s'arrêtèrent diner à la brasserie, dans un endroit populaire, simple, où étaient servis des assiettes de charcuteries, des burgers, des steaks-frites. Hugo fut étonné de voir Sarah, dévorer un morceau de bœuf.

— Quoi, tu pensais que j'étais végétarienne ?
— Non, je suis surpris par ton appétit féroce !
— C'est mon premier repas de la journée, dit-elle en s'essuyant la bouche dans la serviette en papier, imprimée d'une tour Eiffel.

Malgré leur différence d'âge, Sarah gardait un esprit bon enfant et ils se comprenaient. Hugo, lui, par son enfance solitaire, semblait plus renfermé ce qu'il lui donnait l'aspect d'une personne plus mûre et sérieuse pour quelqu'un de son âge. Au niveau du comportement, ils se valaient. Hugo le comprit.

Son ancienne colocataire Agathe, qui pourtant avait son âge, était trop immature pour qu'il puisse la supporter au quotidien. La compagnie de Sarah lui convenait à bien des égards.

Sur le chemin du retour, l'allégresse se ressentait dans leurs attitudes. Ils se taquinaient comme deux adolescents, mais restaient droits, élégants, toujours !

Arrivés devant chez Sarah, en ouvrant la porte cochère, elle lui dit :

— Je te ramène chez VENUS ?
— J'aimerais apprendre encore à tes côtés, si ça ne t'embête pas.

Hugo s'exprima avec spontanéité, mais son nœud au niveau de la gorge était perceptible. Il demandait à sa PDG de passer la soirée chez elle pour se familiariser avec les dossiers de l'entreprise. Il faut dire qu'il avait tout à apprendre.

Sarah ravala sa salive, quelque peu perturbée par le souhait d'Hugo qui lui paraissait d'une naïveté sans pareille pour oser lui demander cela. Elle fut bouleversée par autant de conviction dans sa requête et ne put refuser un souhait exprimé avec tant de hardiesse. Cela lui démontra qu'elle n'avait pas choisi Hugo que pour son physique. Il présentait une détermination notable et c'était cela aussi qu'elle souhaitait.

Ils rentrèrent tous les deux et Sarah s'empressa de reprendre la clé pour ouvrir la pièce secrète. Elle le fit s'installer au bureau des dossiers administratifs, commerciaux, publicitaires. Pédagogue, aimant transmettre, elle raconta au jeune novice l'histoire de l'entreprise depuis la création d'un petit laboratoire de cosmétiques par ses parents dans les années 80 jusqu'à l'entreprise internationale d'aujourd'hui. Elle lui montra des courbes, des chiffres hallucinants.

— Tu vois, depuis le début, le chiffre d'affaires n'a cessé de progresser.

Lui, assis sur la chaise du bureau et, elle, debout, la tête penchée près de la sienne lui présentant les documents, il sentait son souffle dans son cou et restait subjugué par les chiffres entrevus en bas des pages. Elle les avait fait défiler rapidement devant ses yeux, mais il avait pu distinguer environ dix chiffres alignés. Et peut-être plus. Le faisceau lumineux de la lampe de bureau chargé de poussières fatiguait les yeux d'Hugo, mais son désir de rester là primait sur le reste.

Sarah proposa à Hugo, déterminé à apprendre encore, d'aller faire couler des cafés. Il accepta volontiers. Elle quitta la pièce. Hugo se leva et regarda les nombreux trieurs de bureaux. Des meubles à tiroirs étiquetés se superposaient contre le mur. Hugo lut ''Banque'' sur un des petits papiers collés. Dos à la porte, il se retourna afin d'estimer s'il avait le temps de hisser le tiroir ou pas. Porté par une montrée d'adrénaline, il l'ouvrit. Celui-ci se coinça légèrement et émit le son d'un couinement. Hugo prit peur et se retourna encore, perles de sueur sur le front, mais rien ne bougeait dans le couloir. Il finit par le tirer d'un coup et saisit un épais dossier. Il l'effeuilla brièvement et rapidement, craignant que son hôte ne revienne. Il vit des chiffres, encore une fois, exorbitant. Il sembla à Hugo que Sarah possédait de nombreux comptes et que ceux-ci comportaient tous sept chiffres. Hugo se trouvait donc, ce soir, dans le bureau d'une multimillionnaire et celle-ci lui préparait un café !

Il rangea très vite les papiers, les mains tremblantes, pensant voir Sarah, ressurgir rapidement. Il prit tout de même la peine de ne laisser aucun indice. Pas de cornes sur les feuilles ni de tiroir fermé partiellement. Tout était resté tel quel. Hugo se remit assis sur le fauteuil, se sécha le front avec sa main. Choqué par les chiffres vus depuis ce soir, son cœur se mit à battre très fort et l'émotion le saisit violemment. C'était une réaction normale pour lui qui rêvait de devenir riche. Il eut le sentiment qu'il avait une décision à prendre rapidement, ici-même, à l'instant présent. Il pivota le fauteuil pour avoir vue sur le tiroir ''Banque''. Sa respiration s'accéléra et dans un soupir chargé de postillons, il prononça ces mots à voix haute, sans forcer, comme s'il ne contrôlait ni ses cordes vocales ni sa bouche:

— Je vais rester ici pour le reste de ma vie… Mais comment m'y prendre pour ne plus quitter cet endroit ?

Puis il se retourna vers la porte avec un regard perdu dans un premier temps et, prenant conscience que sa PDG allait revenir, il se ressaisit et il modifia son visage pour ressembler à nouveau à une personne volontaire et ambitieuse. Se regardant dans le reflet de la lampe de bureau en chrome, il se fit un sourire pour détendre son visage. Ce fut à ce moment-là que Sarah réapparut dans la pièce sombre.

— Tu préférerais peut-être un miroir ? lui dit-elle en rigolant.
— Non !

Il garda son sourire et la fixa du regard. Il se leva, s'approcha d'elle, il lui prit les tasses de café de ses mains et les posa sur une étagère à l'entrée de la pièce. Il mit ses mains sur les épaules de Sarah puis en plaça une, délicatement sur sa joue gauche et la caressa tout en regardant sa réaction. Sarah, avala encore une fois sa salive difficilement, déconcertée par la jeunesse et l'audace du jeune provincial. Le silence remplaça leur complicité juvénile. La main droite d'Hugo parcourut le corps de Sarah pour s'arrêter au creux de ses reins et celle de gauche appuya légèrement la nuque de Sarah afin qu'elle n'ait pas d'autres choix que d'accepter l'étreinte. Il la bloqua contre le bureau et poussa, d'une main délicate, les papiers en attente d'être étudiés.

La détermination d'Hugo la fit se perdre dans un tourbillon de chaleur, entre force et douceur, attente et surprise ; les moments de lenteur laissant place à des accès intenses, à la limite de la violence ; elle se laissa porter par la puissance masculine du mannequin et ses gémissements s'accentuèrent au gré des mouvements d'Hugo avec pour témoin, les documents précieux de la PDG prouvant son investissement et son sérieux.

Le lendemain, Hugo se réveilla dans le lit de la patronne, dans des draps frais, d'une douceur incomparable. *De la soie* pensa-t-il. La porte-fenêtre était ouverte et laissait passer les rayons lumineux du soleil fraichement levé. Un vent léger caressait l'extrémité du rideau le faisant flotter dans l'air. Hugo se leva et rejoignit

Sarah, appuyée contre le balcon, tasse de café à la main, réchauffée de sa robe de chambre parme. L'entendant arriver, elle se retourna et tout deux se sourirent, les yeux allumés par l'ardeur de la nuit passée. Elle le serra contre lui comme pour lui signifier que leur nuit torride n'était pas une erreur.

Hugo répondit à l'accolade en l'attrapant avec douceur. Ses mains fermes recouvraient presque la totalité du dos menu de Sarah qui sentit tout à coup sa solitude, s'atténuer. Celle qui, depuis la mort de ses parents, s'était consacrée à son travail, sentit comme un souffle nouveau en elle.

Une légèreté dans ses organes, alourdis par le deuil, se manifesta physiquement et Sarah en ressentit les bienfaits de façon instantanée.

Ils partirent ensemble au travail. Ils passèrent devant l'immeuble d'Agathe et de Fab et Hugo regarda les fenêtres de l'appartement et imagina Fab nu sur le canapé à regarder ses films en italien et Agathe excédée. Ça le fit sourire un instant.

Arrivés chez VENUS COSMETIC, Sarah exprima à Hugo son besoin de ne pas parler de la nuit passée aux autres collègues. Hugo acquiesça. D'ailleurs, il n'avait pas l'intention de divulguer quoi que ce soit.

Celui qui était venu à Paris dans le but de faire fortune sans effort devint, en réalité, un travailleur acharné. Dès qu'il posa le pied à l'accueil de l'entreprise, il exprima à Sarah son envie de tout savoir, de tout connaître. Il voulait être comme elle.

— Je voudrais être formé à tout. Explique-moi le décor et l'envers du décor. Je veux participer au succès de ton empire.

— C'est tout ce que j'avais souhaité, répondit Sarah, étrangement connectée au jeune homme.

C'est comme cela qu'Hugo parvint à devenir le bras droit de Sarah. Il l'accompagna partout et l'assista dans toutes ses prises de décision au sein de l'entreprise.

Il passa du temps au laboratoire où Sarah le forma sur les formules de base pour établir une crème à la texture idéale. Il en élabora une avec des ingrédients élémentaires.

Au service publicité et commercial, Sarah lui expliqua les techniques de vente et la force de la pub. Il discuta avec les professionnels et montra un vif intérêt à leur travail quotidien.

Sur une table, il vit la photo qu'ils avaient choisie pour être placardée sur tous les abris de bus de France. L'air ambitieux et humain qu'il dégageait sur ce cliché concordait avec les valeurs de l'entreprise.

— C'est exactement une expression comme la tienne qu'on voulait, affirma Diego, le chef de la publicité.

— Et quand est-ce que les photos seront affichées ?

— Fin octobre normalement. En même temps que la commercialisation des produits de la gamme.

Hugo était fier et avait hâte que son visage apparaisse dans les rues. Il imaginait déjà les passants s'arrêter et le regarder. Il n'aurait pas imaginé mieux pour être mis en valeur.

Sarah appela Hugo pour regagner son bureau et lui donner quelques notions sur le statut de chef d'entreprise. L'assistante de Diego lui dit discrètement :

— Et bien, mon garçon, aucune égérie n'a jamais reçu une telle formation !

Hugo la regarda et lui sourit. Il rattrapa Sarah qui était déjà partie devant lui. Toujours très sérieuse au travail, elle ne laissait rien paraître quant à leur relation débutante. Marlène, la secrétaire, avait laissé sur son bureau un nombre incalculable de documents à signer de la main de la PDG. Sarah lut chaque feuille avec intérêt et y apposa sa griffe, à tour de rôle. Hugo la regardait faire tout en visualisant autour. Son bureau était immense. Une machine à café instantané se mêlait aux nombreux dossiers qui tapissaient les supports de la pièce. Des étagères supportaient des classeurs portant des noms de gammes de produits démodés qui n'étaient plus commercialisés.

Hugo tenta de se faire couler un café. L'eau qui en sortait était beaucoup trop claire. Sarah se leva.

— Ta capsule n'est pas emboîtée de façon correcte…

Elle ouvrit la machine pour replacer la dosette de café. Hugo saisit son bras et le plaça autour de sa taille. Il lui leva délicatement le menton pour atteindre ses lèvres. Il l'embrassa tendrement quand Marlène entra dans la pièce.

— Oh, pardon Sarah… euh, je suis vraiment désolée !

Elle repartit sur ses pas. Sarah la rappela.

— Non, Marlène ! Reste ! C'est bon, je n'ai plus que deux signatures. Patiente une seconde, je termine.

Hugo poursuivit sa quête et réussit, cette fois, à obtenir un expresso digne de ce nom. Il le dégusta tout en regardant Marlène qui semblait figée par ce qu'elle venait de voir. Elle roula ses yeux sur le côté afin de guetter ce qu'il faisait, mais elle vit immédiatement qu'il la fixait tout en savourant l'arabica. Elle replaça immédiatement ses yeux dans le bon axe ce qui amusa Hugo.

Sarah acheva le supplice de Marlène en lui rendant les documents. Elle partit pressement dans un silence de plomb.

Sarah et Hugo rirent de la situation. Elle lui demanda tout de même de garder ses distances sur le lieu de travail.

Les jours passèrent.

Sarah et Hugo, travailleurs le jour et amants la nuit, formaient un duo d'exception. Les collaborateurs acceptaient la situation et étaient tous séduits par l'homme. Le weekend approchait. Céline et Michel allaient débarquer à la capitale et loger chez leur fils, ou plus exactement chez Sarah.

Le vendredi matin, alors que les parents d'Hugo arrivaient le soir.

— Je sais que tu me prêtes ta maison ce weekend et que tu comptes dormir chez VENUS, mais j'aimerais que tu restes chez toi, avec moi.
— Avec tes parents ?
— Oui, je te les présenterai !
— Mais… et nous ? On se présente comment ? Comme des collègues ?

— Comme un couple !

Elle le regarda et elle l'embrassa. Hugo comprit, par ce baiser, qu'elle acceptait son offre.

Hugo était au début de sa réussite. Il avait tout ce qu'il souhaitait. Il lui manquait encore de posséder son propre argent. De toute évidence, annoncer son contrat d'égérie à ses parents, le rendait fier. Peu importe qu'il soit logé par sa PDG fortunée ou pas, il savait qu'il serait riche à son tour, un jour.

Hugo n'était pas amoureux de Sarah. Mais en avait-il conscience ? Lui qui, malgré ses nombreuses conquêtes, n'avait jamais ressenti ce sentiment.

De toute évidence, c'était sa condition sociale qui lui plaisait et tout ce qu'elle pouvait lui apporter en faisant de lui une célébrité. Les chiffres de ses comptes en banque en avaient été le déclic. Il voyait en Sarah la femme porteuse de sa réussite. Son attachement à elle était, en fait, d'un égoïsme pur. Les yeux de la jeune femme reflétaient sa propre élévation au rang des bourgeois, des nantis, tous ces gens qui le faisaient rêver. Faire l'amour avec Sarah, travailler d'arrache pieds n'étaient que des vecteurs de richesse, de gloire, d'honneur.

Il n'avait connu que des relations charnelles et jamais l'amour vrai. Aux côtés de Sarah, il le prouvait encore une fois. Mais, Sarah, de son côté, l'aimait-elle ?

Dans tous les cas, la journée fut encore riche d'instruction pour Hugo. Quelques heures au laboratoire pour commencer la journée : Danny et Sofia butaient sur la formulation d'une crème anticerne. Hugo, très investi, écouta les problèmes liés à la recette. Ils cherchaient un ingrédient actif naturel.

Laissant les deux créateurs faire des essais, ils continuèrent leur visite dans les bureaux administratifs. Ils saluèrent Tony qui parlait à Annabelle. Celle-ci semblait minauder et portait, encore une fois, une minijupe.

Sarah considérait qu'Hugo apprenait extrêmement vite et commença à le laisser prendre quelques décisions, toujours sous son regard de PDG expérimenté. Elle était fière de lui. Toujours plein d'entrain, motivé comme jamais, Sarah pouvait enfin souffler un peu et se reposer sur lui. Hugo, lui, prenait plaisir à travailler. Les stratégies de communication, la publicité lui plaisaient énormément. Beaucoup plus que de jouer le mannequin.

Ce vendredi, il eut une deuxième séance photographique où il exprima à Nathalie, la maquilleuse, qu'être une sorte de marionnette ne lui plaisait plus tant que ça et qu'il pensait avoir trouvé sa vocation dans le domaine de la gestion de l'entreprise.

— C'est super excitant ! J'ai plein d'idées et je vais me perfectionner dans les formules des cosmétiques pour encore mieux maîtriser le sujet.
— Ce serait un péché que de laisser ce beau visage planqué derrière un bureau, à l'abri des regards, lui fit remarquer Nathalie.

Hugo sourit délicatement à la remarque de la maquilleuse, mais dans sa tête, des connexions se faisaient. Habitué à l'absence de stimulation et de réflexion, sa matière grise se mit soudainement à fonctionner et il pouvait en sortir des choses brillantes. Pendant la séance photo, Eva tentait de diriger Hugo.

— Tourne ta tête comme ça, oui ! Le menton, un centimètre vers le bas ! Regarde droit devant !
— Oh !!!! J'ai une idée !! Je reviens, excuse-moi, Eva…

Hugo partit à toute allure retrouver Sarah. Il ouvrit la porte de son bureau avec brutalité.

— Ça y est ! J'ai trouvé !
— Quoi ? Tu n'es pas en séance ?
— Ce qu'il manque à la crème anticerne… c'est l'huile essentielle d'hélichryse italienne !

— Hélichryse… Tu parles de l'huile d'immortelle ?

— Euh… oui, je crois que c'est la même chose.

Sarah fronça ses sourcils tout en fixant vers la fenêtre. Soudain, elle prit le téléphone et appela le laboratoire.

— Vous avez pensé à l'huile essentielle d'immortelle ou l'huile d'hélichryse italienne pour l'anticerne ? Hum… oui ! Il faut vérifier cela… ok !

Sarah raccrocha et dit à Hugo que les chercheurs trouvaient l'idée géniale, mais souhaitant un produit novateur, ils allaient vérifier si l'idée n'avait pas déjà contentée un concurrent.

— Comment as-tu eu cette idée ? s'enthousiasma Sarah.

— D'un coup comme ça ! Je m'en suis déjà appliqué pour éviter des hématomes. Ça aide à faire circuler le sang, il me semble et la zone de la paupière inférieure en a grandement besoin, n'est-ce pas ?

Sarah, émue par l'investissement d'Hugo pour son entreprise s'empressa de le prendre dans ses bras.

— T'es génial ! T'es curieux, intelligent, t'as le regard neuf ! Tu peux faire évoluer l'entreprise, j'en suis sûre.

N'ayant jamais eu un collaborateur aussi intéressant, ses yeux dorés exprimaient la joie, la reconnaissance et devenaient humides malgré elle. Hugo trouvait étrange qu'elle réagisse avec autant d'émotion, mais il ne lui fit pas remarquer et lui essuya les yeux délicatement.

Le téléphone sonna, c'était le laboratoire. Selon la concurrence, aucun n'avait pensé à inclure de l'huile d'immortelle dans sa composition. Sarah demanda aux chercheurs d'essayer une formule avec cet ingrédient dès que possible.

Elle prit son blouson de moto et se dirigea vers le laboratoire. Hugo la suivit. Elle semblait toute excitée et les chercheurs partageaient sa joie. Elle mit Hugo en vedette déclarant que cette idée venait de lui. L'équipe experte en cosmétologie s'étonna de voir combien l'égérie de Mars Attractive était ingénieuse.

— Il faudra venir travailler avec nous ! dit Sofia.

Sarah félicita également son équipe de chercheurs, pour leur travail sans relâche et leur future élaboration de l'anticerne enrichi d'huile essentielle d'immortelle.

Les saluant, elle fit mine à Hugo de le suivre. Ils se retrouvèrent dans le couloir tous les deux.

— Allez, on va fêter ça, je t'invite ! lâcha Sarah.
— Mais, ma séance n'est pas finie. Eva m'attend, il faut que j'y retourne.

Hugo, qui se surprenait à être un vrai professionnel, alla terminer sa séance photo. Il n'en fut pas moins déconcentré par l'euphorie qu'il tenta de maintenir à l'intérieur de lui, devant garder un visage fermé et boudeur pour les besoins de la campagne de publicité.

Sarah les rejoignit au studio et regarda de nouveau les clichés qui devraient sortir pour Noël. La fête religieuse faisait partie des meilleures ventes de l'année et plusieurs photos devraient se succéder dès le début du mois de décembre. Elle regarda Eva et, cette fois-ci, elles n'eurent pas besoin de se parler pour commenter ce qu'elles voyaient. Elles se comprirent dans un seul regard : les photos, encore une fois, étaient parfaites.

Retournant à la maison de Sarah, Hugo eut un léger pincement au cœur en passant sous les fenêtres de l'appartement 34. Il songeait à ses amis qu'il avait abandonnés depuis quelques jours sans laisser de nouvelles. Mais il était un homme occupé à présent. D'autant plus que ses parents allaient débarquer.

Céline, la mère d'Hugo, demanda l'adresse de la résidence de son fils. Ses parents avaient décidé de se débrouiller pour se rendre chez Hugo afin d'utiliser les moyens de transport urbains et de se mêler aux Parisiens. Cela faisait partie, selon eux, de la richesse du séjour.

Sarah ouvrit une bouteille et servit un verre à Hugo. Elle fit de même pour elle et tout deux s'installèrent dans un grand canapé du salon. Ils trinquèrent à la trouvaille d'Hugo. Le téléphone du jeune homme sonna. Ses parents étaient arrivés et attendaient devant la porte cochère.

Il les fit entrer et les présenta à Sarah. Céline et Michel furent stupéfaits par la maison de luxe dans laquelle leur fils s'était installé. Cependant, ils comprirent vite qu'elle appartenait à Sarah ; Hugo n'essaya pas de leur cacher. Il présenta la PDG comme sa patronne et propriétaire du bien. Il ajouta également qu'elle était sa petite amie.

Ils furent extrêmement comblés d'apprendre que leur fils était l'égérie de VENUS COSMETIC. Sarah fit ses éloges en ajoutant quel professionnel il était et qu'elle n'aurait pu espérer mieux comme partenaire. Après avoir partagé la bouteille de vin entamée, Sarah, très enjouée et désireuse de faire profiter les parents d'Hugo de ce qu'offrait la capitale, proposa un programme pour le weekend. Pour ce soir, elle avait prévu d'aller dans un diner spectacle d'humour à trente minutes de marche, ce qui leur permettrait de passer devant VENUS COSMETIC.

Les deux jours passés en compagnie de ses parents furent intensif et jovial, aux couleurs de Sarah. Céline et

Michel découvrirent des lieux culturels qu'ils n'auraient jamais espérés voir un jour et commentés par une Parisienne, qui puis est. Du musée d'Orsay en passant par le champ de Mars et le jardin des Tuileries, tous les quatre avaient arpenté les merveilles du septième arrondissement. Hugo fut ébloui et médusé devant Sarah, patiente, infatigable, faisant le guide aux trois viennois.

Le dimanche, après le déjeuner, Céline et Michel rassemblèrent leurs affaires et firent leur au revoir à Sarah et Hugo.

— Merci beaucoup Sarah pour ce partage culturel. Venez à Vienne un de ces jours. Nous avons aussi quelques beaux monuments : le théâtre et le temple romain. La cathédrale gothique attire quelques touristes, également.
— Avec plaisir !

Le père d'Hugo glissa des mots à l'oreille de son fils tout en lui faisant une accolade :

— Elle est exceptionnelle ta copine !

Hugo lui sourit et il les regarda s'éloigner dans la rue Saint-Dominique.

Chapitre 7

Fin octobre.

Hugo avait reçu sa première paye au début du mois et, étant logé et nourri par Sarah, sans frais, il avait envoyé la totalité de la somme à ses parents qui en avaient grandement besoin. Il allait, en outre, recevoir sous peu son cachet d'environ 70 000 euros.

Le jour du lancement de Mars Attractive avait lieu aujourd'hui. Les rayons des distributeurs de cosmétiques foisonnaient de la nouvelle gamme de VENUS COSMETIC.

Les affiches publicitaires avaient été placardées sur les façades citadines et dans les abris de bus. Hugo avait tourné un spot publicitaire dans le studio de l'entreprise. Quelques images brèves où on le voyait marcher sur la planète Mars de façon très masculine. Des gros plans sur son visage permettaient au public de visualiser le résultat des produits de la gamme. Tous les hommes voudraient lui ressembler et acheter les cosmétiques. Le slogan était '' l'homme attractif vient de Mars''. C'était simple, mais efficace. Le côté extraterrestre fascinait les gens. Le fait de jouer sur la compétitivité masculine aussi. La publicité influant beaucoup sur la séduction imposait presque aux hommes d'acheter les produits de la marque afin de rester actif sur le marché de la drague. Se promener dans la rue sans porter les cosmétiques de Mars Attractive, revenait à réduire toutes ses chances de plaire aux autres.

Sur le site internet de l'entreprise, les ventes avaient déjà explosé. Comme si les gens n'attendaient que cela depuis un moment.

Sarah et Hugo, plantés au secteur commercial, guettaient les résultats des ventes.

Hugo regardait chaque nouvelle vente et vivait cela comme un sacre. Sarah, plus habituée au succès, n'en demeurait pas moins heureuse et quelque chose s'ajoutait à sa gloire, cette année, c'était l'arrivée d'Hugo dans sa vie et la joie de le voir s'épanouir au sein de l'entreprise.

Hugo, ce matin-là, reçu un appel de Fab auquel il ne répondit pas devant ses collègues. Il s'éclipsa dans le couloir et le contacta.

— Hugo, il faut qu'on se voie, il faut que je te parle d'Agathe.
— Agathe !! Rien de grave ?
— Non, ce n'est pas grave en soi !
— On peut manger ensemble si tu veux, à midi ? Passe me prendre chez VENUS.
— Ok, à tout à l'heure.

Hugo raccrocha, quelque peu inquiet. Il envoya directement un message à Agathe pour prendre de ses nouvelles, auquel elle répondit « Je vais bien, merci ! »

À l'heure de la pause alors que les ventes s'enchaînaient, Hugo laissa Sarah pour rejoindre Fab devant l'entreprise. Le jeune italien s'y trouvait et Arnaud, l'agent de sécurité, lui demandait de circuler. Hugo intervint en lui disant d'arrêter de menacer son ami.

— Il est venu pour me voir !
— Ok Hugo, je ne savais pas… Excusez-moi Monsieur !

Le gardien fit ses excuses à Fab alors qu'il venait juste de le suspecter de vouloir pénétrer dans l'entreprise. Les autres employés considéraient Hugo comme un membre de la direction et le respectaient.

Les deux amis partirent en marchant et s'installèrent dans une sandwicherie près du MACCHIATO.

— Alors, ça marche toujours le bar ? dit Hugo.
— Je ne sais pas, je n'y suis plus. Justement j'ai une grande nouvelle !

Les yeux de Fab s'illuminèrent et il ignorait comment annoncer cela à son ancien colocataire.

— Ne me fais pas attendre, dis-moi !

— Accroche-toi bien ! Je fais partie de la comédie
    musicale ''les Robertini'' !
— Quoi ?

Hugo se leva de la chaise et Fab fit de même. Ils se
saisirent les bras l'un de l'autre au-dessus de la table
comme pour se faire une accolade avortée par la largeur du
meuble.

— '' Les Robertini'' ? J'en ai entendu parler, c'est cette
    comédie italienne ? demanda Hugo tout en se
    rasseyant.
— Oui !!!! C'est grâce au gars italien, Adrian, qui était
    au gala. Il a parlé de moi au producteur de la
    comédie.
— Mais alors, ça y est, tu parles italien ?
— Et non, toujours pas… Ils cherchaient des français
    avec l'accent italien et typé italien ! À part quelques
    chansons en italien, les textes seront en français.
— C'est génial !
— Oui, mais le problème c'est Agathe !
— Comment ça ?

Hugo fronça ses sourcils en croquant dans son
sandwich au poulet.

— Je suis en tournée, j'ai quitté l'appartement... je suis
    dans une petite production, je dois payer mes frais

d'hébergements et tant que je ne suis pas rémunéré, je suis fauché !

— Qu'essaies-tu de me dire ?

— Elle ne peut plus payer l'appart, elle est dans la merde… et l'autre con de proprio la menace.

— Mince ! Et moi qui n'ai plus…

— Écoute Hugo, il y a autre chose… coupa Fab avec solennité.

— Je ne t'ai jamais vu aussi sérieux, tu me fais peur… Dis-moi ?

Fab laissa un silence pour qu'Hugo se prépare à entendre une nouvelle bouleversante.

— Elle est enceinte… de toi !

— Quoi ?

Hugo avala son morceau de pain difficilement. Comme à son habitude il resta calme d'apparence, mais à l'intérieur, le futur qu'il s'était imaginé fut complètement balayé par l'importance de la nouvelle.

— Elle est enceinte ? Je vais être père ! marmonna-t-il sans vraiment s'adresser à Fab. Elle est où, il faut que je la voie ! Elle travaille ce soir ?

— Non elle ne peut plus bosser, elle a ces fichues nausées, elle ne supporte plus l'odeur de Marcel, ni même celle du café… Elle est à l'appartement… Et elle ne voulait pas que je t'en parle, mais je ne peux pas la laisser comme ça.

— Tu as bien fait !

Hugo qui devenait un homme responsable depuis son séjour à Paris voulut prendre les choses en main. Il n'était pas question que son avenir soit chamboulé de la sorte. Il laissa Fab et se dirigea vers l'appartement 34 de la rue Saint-Dominique. Il marcha avec hâte, l'esprit confus, mais déterminé à faire en sorte que sa vie ne change pas. Il passa devant une pancarte publicitaire affichant son portrait. Le même homme montrant deux expressions opposées. Les passants le regardaient, interloqués par la ressemblance entre le mannequin séducteur, teint velouté et regard suave et l'homme de la rue, l'air grave, les traits tirés, le front suintant, l'esprit préoccupé. Il monta les escaliers et frappa à la porte.

— C'est qui ?
— C'est moi, Hugo !

Agathe ouvrit la porte et fit entrer le jeune homme. Il alla droit au but.

— Fab m'a dit que tu étais enceinte de moi. Que comptes-tu faire ?
— Comment ça ?
— Tu ne vas pas le garder, hein ?

— Mais de quoi je me mêle, tu ne devrais même pas être au courant !

— Fab a bien fait de me le dire. Je vais t'aider, on ira à l'hôpital tous les deux et ça se passera bien, tu verras. Il faut sûrement faire ça assez vite…

— Faire quoi ? s'énerva Agathe.

— Bah, l'avortement, là, tu sais bien !

— Mais c'est trop tard !!!! se mit à hurler Agathe. J'ai dépassé la date, tu crois quoi ? Tu penses que je n'y avais pas songé ? Tu croyais que je voulais élever un enfant, seule alors que je n'ai pas de revenu ? Mais c'est fini, c'est foutu… je ne peux pas, c'est trop tard…

Agathe s'avança près du canapé et se mit assise dessus en maintenant son ventre à peine arrondi. Hugo, bouche-bée devant les révélations d'Agathe, s'installa à ses côtés. Hugo lui prit la main et elle s'adoucit.

— Je vais devoir quitter l'appartement, il est trop cher et le proprio me harcèle. Il me faut une chambre de bonne, n'importe quoi !

— Attends, j'aurai sûrement une solution. Je te rappelle, prends soin de toi.

— Mais… tu vas où ? dit Agathe, se levant du canapé et ne pouvant que constater le départ précipité d'Hugo.

— Ne t'inquiète pas ! Hein ? Je reviens…

Il retourna lui donner un tendre baiser sur le front et il repartit chez VENUS COSMETIC.

Hugo pensait à la loger dans l'appartement qui se trouvait au sein de l'entreprise. Étant inoccupé pour l'instant, il s'imaginait y faire entrer Agathe sans même demander l'avis de Sarah.

De retour chez VENUS COSMETIC, il tomba sur Sarah. En la voyant, il sembla perdu. Il ne savait plus où était sa place. Il allait devenir père d'un côté et de l'autre côté il bâtissait son rêve.

Sarah lui demanda s'il allait bien, s'étant absenté un moment et ayant l'air physiquement tourmenté. Il fit un ''oui'' de la tête et ne tenant plus en place, quitta la PDG sans dire un mot et se dirigea vers la chambre de VENUS COSMETIC.

De loin, il aperçut la porte du mini appartement, laissée ouverte et des bâches plastifiées couvraient le sol. Il s'approcha et des ouvriers le saluèrent. Il resta planté là.

— Ça va, monsieur ? demanda un des travailleurs.
— Euh… oui, excusez-moi, j'ignorais que l'appartement était en travaux.
— La patronne nous a demandé de tout refaire, peinture, sol, salle de bain, faut dire qu'il y a pas mal de moisissures.

— Ah, oui ! Les champignons, c'est vrai… Bien !

Hugo regagna le bureau de Sarah avec un air encore plus interrogatif. Il faisait les cent pas et les traits de son visage ne parvenaient pas à se détendre.

— Mais qu'est ce qui t'arrive ? finit par lâcher Sarah.
— Pff… je… il me faudrait une avance sur mon salaire, voilà !
— Mais pourquoi ?... Tu n'as pas de frais !
— C'est pour mes parents, ils ont des difficultés pour payer la nouvelle voiture.
— Tu auras ta paye après-demain !
— Ça ne pourra pas attendre deux jours !
— On a un contrat, tu l'as signé !

Pour la première fois, le ton montait entre les deux amants. Hugo choisissait de cacher la véritable raison de ce besoin d'argent soudain alors qu'il vivait au frais de Sarah. Cependant, la PDG, ayant rencontré les parents de son jeune amant et sachant qu'ils avaient des difficultés financières, accepta. Sur la base de la confiance, son compte allait être débité d'une coquette somme de dix mille euros.

Il sortit immédiatement dans le couloir et appela Agathe pour lui annoncer la nouvelle.

— Tu peux garder ton appartement. Je t'aiderai financièrement. Et au moins, tu auras une chambre pour le petit, quand il sera là.

Agathe et Hugo ressentirent un soupçon d'émerveillement en évoquant l'arrivée du petit-être prisonnier du ventre de la jeune femme. Dans quelque temps, pourtant, il serait physiquement présent et ils l'admirent, là, au téléphone. Le bébé qu'elle portait, menacé de mort il y a à peine quelques minutes, prit alors de l'importance et fut considéré comme un être humain à part entière.

Agathe, soutenue par son ancien colocataire, vit l'avenir sous de meilleurs hospices et put envisager l'idée d'élever un enfant.

De retour dans le bureau de la patronne, celle-ci rangea son Smartphone dans son sac à main et s'approcha d'Hugo, encore perdu par la nouvelle récente. Elle lui posa la main sur l'épaule et lui apprit que la gamme Mars Attractive était un véritable succès et qu'ils frôlaient la rupture de stock sur le Net.

— Je suis obligée de relancer les sites de production pour satisfaire les clients.
— C'est génial !
— Oui, c'est super que ça tourne bien ! On est tranquille pour un moment avec cette gamme. Je ne

veux pas te bousculer, mais il faut déjà penser à notre prochain succès : l'anticerne à l'huile essentielle d'hélichryse italienne. Je me rends de ce pas en Corse à la rencontre de plusieurs producteurs pour tenter de négocier les prix. Ils ont des immortelles de choix sur l'île. Marlène vient de m'organiser le voyage.

— Tu vas partir là-bas ?

— Oui, dans cinq minutes. Tu m'accompagnes ? Ce sera ton bébé cet anticerne.

Hugo hissa sa tête lorsqu'il entendit le mot ''bébé'' sortir de la bouche de Sarah. Cela le déstabilisa. Il manqua d'enthousiasme en répondant à sa question.

— Hein ?... Euh… Je devrais peut-être te remplacer ici, au siège !

— Tu préfères ?

Il se mit en tête qu'Agathe aurait peut-être besoin de lui et qu'il serait plus prudent de rester à Paris.

— On aurait pu aller danser ! N'oublie pas que je dois t'apprendre ! renchérit Sarah.

— Je n'ai pas oublié, mais pas besoin d'aller en Corse pour cela.

— Bon, je vois que tu ne souhaites pas m'accompagner.
Après tout, tu as raison, il faut quelqu'un pour garder
la boutique. Je vais m'absenter deux semaines.

Ils se firent une tendre accolade. Sarah partit
immédiatement.

Sarah partie, Hugo resta assis plusieurs minutes sur le
gros fauteuil de la PDG à réfléchir puis se leva et passa
devant le bureau de Marlène. Tellement bouleversé depuis
son déjeuner en compagnie de Fab, il ne pouvait admettre
qu'Agathe perde son appartement et s'enquerra de vérifier
la promesse de Sarah de lui virer les dix mille euros sur
son compte bancaire. Pris dans ses pensées, Marlène s'y
prit à plusieurs fois pour capter son attention.

— Hugo ? Hugo ?
— Oui ?
— Tu ne pars pas en même temps que Sarah ? Elle est
partie il y a quinze minutes environ. Marlène regarda
sa montre. Mais il est encore possible de monter dans
l'avion si tu pars maintenant. Marco de la sécurité
pourrait t'y conduire !
— Ah ! Non… je ne m'y rends pas, Marlène, c'est
gentil d'avoir pensé à moi ! Je voudrais voir le
comptable, tu sais s'il est là ?
— Oui, il est dans son bureau.
— Bien, merci Marlène.

Hugo se rendit dans le bureau du comptable.

— Je viens vérifier que mon virement de dix mille euros a bien été effectué, demanda Hugo sans fantaisie aucune.

— Justement, y'a un souci pour le versement de ton acompte. Ta banque ne répond pas, ça ne fonctionne pas.

— Quoi ? Mais c'est impossible !

Il repartit dans le couloir afin de joindre sa banque. Il croisa Annabelle. Elle s'approcha de lui. Ses yeux pétillaient à l'idée de lui révéler les derniers ragots le concernant :

— Le comptable t'a dit qu'il ne pouvait pas te verser ton acompte ?

— …

— C'est Sarah qui lui a demandé de ne pas te le verser. Je l'ai entendu le dire au comptable tout à l'heure.

— Comment ça ?

— J'allais apporter un document au comptable et je l'ai surprise en train de dire qu'il ne devait pas te verser un centime et qu'il devait te dire que c'était un problème de la banque.

Hugo se frotta la nuque et passa sa main jusque dans ses cheveux. La tête baissée, il stoppait ainsi la conversation. La jeune femme poursuivit ses pas et sembla ravie du froid laissé dans ce couloir. Hugo attendit que le bruit des claquements de talon s'efface pour retourner voir le comptable. Il entra à nouveau dans le bureau.

— Sarah t'a demandé de ne pas me verser cet acompte n'est-ce pas ?

Sans appeler sa banque, il alla directement chercher des réponses à la source. Il pointait son index en direction de l'employé et semblait menaçant.

— Eh, je ne veux pas d'ennui ! J'ai une supérieure et je fais ce qu'elle me demande, répondit le comptable dépité d'être au cœur d'un conflit.
— Et quelle en est la raison, elle te l'a dit ?
— Non, mon truc c'est les chiffres. Le reste ne me concerne pas.
— Et ma paye d'après-demain, je l'aurai, au moins ?
— Je l'ignore… répondit le comptable gardant son regard hypocrite en coin.
— Est-ce que j'aurai ce putain de salaire ? se fâcha Hugo, conscient de ne pas pouvoir soutenir Agathe comme il se l'était promis.
— Ne t'énerve pas, Hugo ! Je vais être honnête avec toi : elle ne veut pas que je te fasse de versement avant son retour. C'est tout ce qu'elle m'a dit.

— Hein ? Mais c'est insensé ! Je travaille gratuitement !? C'est donc cela ?

Hugo, fâché, fut interrompu par la sonnerie de son téléphone. Il le sortit de sa poche et vit le numéro d'Agathe. Il quitta le bureau cafardeux du comptable pour répondre à l'appel.

— Hugo, je suis embêtée. Le proprio me vire si je ne paye pas demain !
— Quoi ?
— Le proprio me réclame le loyer du mois de novembre, maintenant ! Il m'a parlé de me foutre dehors si je ne lui paye pas au moins la moitié du loyer ! Je crois que vu la situation, il a peur que je ne sois pas solvable. On est en novembre dans deux jours seulement ! Il a le droit de faire ça ?
— Tu n'as plus du tout d'argent ?
— J'ai dû payer les frais médicaux, je n'ai pas de mutuelle et même pour me nourrir ça devient juste.
— Et, attends ! Tes parents peut-être ? Je pourrais les rembourser plus tard. Ça nous dépannerait, pour le moment.
— Mes parents me l'ont bien fait comprendre quand j'ai décidé de partir à Paris : « Tu veux faire ta vie à la capitale, ma fille ! Très bien, mais ne viens jamais nous réclamer de fric pour tes caprices de chanteuse ! » J'aurais vraiment honte de leur

demander et je n'en ai aucun courage. Fab est fauché aussi avec sa tournée. Je suis dans la merde, complet !

— Et, je sais, c'est con, mais… tu ne pourrais pas simplement retourner chez eux ?

— Ça ne va pas la tête ! Cela voudrait dire que je leur donnerais raison !

— Écoute, je viens te voir dans une demi-heure à peine, ok ! Attends-moi à l'appartement, j'arrive !

Hugo se rendit à la maison de Sarah, prit la clé cachée et ouvrit le bureau. Il fouilla partout en quête d'argent, mais ne trouva rien. Il était prêt à voler Sarah pour aider Agathe. En outre, n'ayant pas compris l'entêtement de Sarah à lui refuser son acompte de façon aussi hypocrite, il ne se gênerait pas pour se servir et récolter l'argent qu'il pensait mériter de droit.

Essoufflé et ayant tout retourné, il se mit assis quelques minutes et se sentit complètement démuni.

Elle me domine, elle me contrôle. C'est elle qui décide de tout. Je le mérite ce salaire, pourtant. À quoi joue-t-elle ?

Il décida d'appeler Sarah, mais elle était dans l'avion. Le téléphone coupa net, sans aucune sonnerie.

Il se ressaisit et rangea les papiers sortis des tiroirs. Il devait trouver une solution pour aider Agathe. En l'aidant, c'est sa conscience qu'il soulageait. Elle portait son enfant, il était, selon lui, à 20 % responsable. N'ayant pas eu de motivation à entretenir des relations intimes aussi fréquentes qu'Agathe le demandait, il se dit que c'était en grande partie de la faute de la jeune femme. Cela ne lui causa cependant pas d'amertume. Il apprenait vite, il s'adaptait vite. La situation se trouvait être ainsi, à présent. Il allait devenir père et il l'assumerait.

Il prit la trottinette électrique de Sarah dans la remise et retourna voir Agathe. Sur le chemin, les mâchoires serrées, il ignorait encore comment la rassurer.

À l'appartement 34, tous les deux assis à la petite table où Fab manquait par son comportement puéril, ils semblaient désabusés.

— Je n'ai pas pu avoir d'argent encore, mais ne t'inquiète pas, je vais arranger la situation avec le propriétaire.
— Mais il n'y a pas que ça, je n'ai plus rien, les placards sont vides. Je n'avais même pas un vrai contrat avec Marcel, c'était juste comme ça ! Tu sais, les artistes n'ont aucune sécurité de l'emploi, ça va, ça vient ! Ce n'est pas un vrai travail.

Hugo sentit la détresse de son amie. Il pensa la loger chez Sarah, car au moins, là-bas, les placards étaient remplis et ravitaillés par la femme de ménage Virginie, mais il ne se sentait pas en droit de faire cela. Hugo, bien que médusé par ses agissements derniers, respectait Sarah. Il logeait chez elle et il aurait eu l'impression de salir la mémoire des parents de la PDG en amenant une femme qu'il a mise enceinte, sans précaution. Cela ne regardait qu'Agathe et Hugo.

— Écoute, donne-moi le numéro du proprio, je l'appellerai et je te ramènerai des courses.
— C'est gentil… Attends avant de t'en aller ! Le lendemain du gala, quand tu es parti, tu as oublié ton costume !
— Oui, c'est vrai, ça.

Elle lui rendit le complet noir et il repartit chez Sarah. Il posa son costume sur un fauteuil dans l'entrée et regarda dans les placards de la cuisine ce qu'il pourrait amener à Agathe. Il posa quelques paquets de céréales, du cacao et du lait sur le plan de travail. Il s'arrêta un instant tout en tenant la porte du meuble.

Il eut une révélation. Le regard dans le vide, la main sur la poignée du placard, il se mit soudainement à courir en direction de l'entrée et saisit le veston de son costard. Il fouilla les poches et retrouva le morceau de papier griffonné par Ludivine Rousseau, sa voisine de table ardente du gala. La quadragénaire avait été très explicite ce soir-là montrant un fort penchant pour Hugo.

Chapitre 8

Hugo se mit assis sur le fauteuil couleur saumon et repensa à cette soirée et notamment à Adrian Monardes, qui lui avait presque proposé sa femme en dessert contre de l'argent.

Combien m'avait-il proposé ? Cinq cents euros ! Il me faudrait au moins quatre fois plus !

Hugo hésita quelques minutes, son téléphone dans une main et le papier chiffonné de Ludivine dans l'autre. Il avait en face de lui des portraits de Sarah, alors âgée d'environ six ans : souriante avec quelques dents en moins représentant la douceur et l'insouciance liées à l'enfance. Du haut de ses 23 ans, il en était loin. Prêt à se vendre pour de l'argent afin d'aider financièrement la femme qui portait son enfant.

Sarah part pour deux semaines et je n'aurai pas de salaire d'ici-là, il est évident qu'Agathe va être jetée de son appartement si je n'agis pas. Je vais contenter cette femme infidèle contre de l'argent.

Bien que démoralisé par cette idée, il sentit qu'il n'avait pas d'autres choix. Il prit son courage à deux mains et composa le numéro de la femme du richissime Robert Rousseau.

— Ludivine, c'est Hugo, on s'était vu au gala.
— Bien sûr, je m'en souviens ! Je suis ravie que tu m'appelles ! Ce fut long…
— Oui… On peut se rencontrer ?
— Bien sûr, rejoins-moi dans mon appartement avenue Bosquet.

Hugo imaginait cette femme passant son temps sur un lit à attendre qu'un homme lui donne rendez-vous. Sa disponibilité immédiate était effrayante. Il reprit la trottinette et s'enfila dans l'avenue Bosquet. Ludivine lui avait indiqué où l'appartement se situait. Il n'eut pas de difficulté à trouver. Une femme quittait justement l'immeuble dans lequel il avait rendez-vous. Il profita de l'ouverture de la porte pour entrer avec son véhicule électrique. Il laissa l'engin dans l'entrée, au rez-de-chaussée de l'immeuble et monta quatre escaliers. Il longea un couloir et trouva le numéro indiqué par Ludivine : le 27.

Devant la porte, il douta. Il attendit quelques secondes à se demander ce qu'il faisait là. Il n'avait pas pris le temps de réfléchir et il subsistait sûrement une autre solution. Il pouvait attendre et contacter Sarah. Elle pourrait arranger cela. Une vieille femme étrange et boiteuse avec un sac de course avançait vers lui. Elle le regardait comme s'ils se connaissaient depuis longtemps. Il pensa qu'elle avait sûrement vu son portrait affiché dans un des abris de bus du quartier. Ceci dit, son regard assez insistant et effrayant le décida de frapper à la porte.

Ludivine ouvrit. Elle portait un déshabillé noir en dentelle. Hugo distinguait ses sous-vêtements au travers. Il fut quelque peu surpris et en même temps à quoi pouvait-il s'attendre… Il était déjà heureux d'entrer et d'échapper à la folle du couloir.

Directement, elle se mit à marcher comme une panthère et à le regarder comme si la suite des événements était inévitable. Il n'était pas requis de faire connaissance. Ils savaient tous les deux pourquoi ils se trouvaient ici, dans cet appartement qui n'en était pas vraiment un. Aménagé pour ses besoins récréatifs, à l'abri des yeux de son mari qui, pourtant, acceptait la situation et la cautionnait, il s'agissait en réalité d'une grande chambre meublée d'un lit immense. Un coin salon donnait sur une minuscule cuisine. Une salle de bain avec vasque, baignoire et toilettes, était à peine dissimulée par une porte coulissante transparente agrémentée de quelques motifs tropicaux blancs opaques pour un soupçon d'intimité. L'appartement, fait pour pratiquer ses ébats sexuels, n'avait nul besoin de porte qui ferme à clé.

Elle lui servit une coupe de champagne. Hugo trouvait la situation pitoyable, mais fit semblant d'être réceptif aux attraits de la jeune femme. Ce qui l'obsédait plus que tout était de savoir si elle comptait le payer, pour sa future prestation.

> — Donc, tu reçois d'autres hommes, ici ? commença t-il.
> — Oui, cela m'arrive. Mais quelqu'un comme toi, c'est la première fois.
> — Comment ça ?
> — Quelqu'un d'aussi beau, je veux dire.

Armée de sa coupe de champagne, elle se mit à tourner autour de lui en caressant son visage. Hugo se sentit quelque peu troublé. Son parfum exquis, sa peau douce et son physique avantageux le mirent mal à l'aise.

> — Et c'est quoi cet appartement, au juste ?
> — C'est mon mari qui le loue pour mes petites activités clandestines, tu te doutes…
> — Il n'est pas au courant ?
> — Si, bien sûr. Il est triste de ne pas pouvoir me satisfaire. Il part en voyage d'affaires toutes les semaines et me laisse seule, sans amour, sans rien. Il fait cela pour me garder… sinon, qui resterait avec un fantôme !
> — Et donc… euh…

Hugo but la coupe de champagne d'un trait et osa lui parler d'argent.

— Et tu sais, le mari de Julia, celle qui était avec nous au gala. Il me proposait de l'argent pour satisfaire sa femme. C'est plutôt dingue, hein !?

Il baissa sa tête et se mit à rire pour faire comme s'il n'attendait pas de réaction particulière de la part de Ludivine.

— Oui, je le sais, répondit-elle, elle prend aussi cet appartement quelque fois. On s'aide entre femmes désespérées. Et ne t'inquiètes pas, je te payerai aussi…

Ludivine, femme intelligente, avait perçu que le jeune homme ne donnerait pas de sa personne sans contrepartie financière.

— T'es quand même mon plus beau trophée, poursuivit-elle, j'ai prévu 500 euros pour toi !

Hugo qui n'avait toujours pas gagné d'argent de son travail trouva que c'était beaucoup plus rentable que de bosser chez VENUS COSMETIC. Pourtant, avec 500 euros, il ne pouvait même pas payer la moitié du loyer d'Agathe. Il décida de négocier.

— Je pense que tu pourrais doubler ! dit-il effrontément.

— Et en vertu de quoi ?

— Parce que je suis l'égérie de Mars Attractive !!! argumenta-t-il avec un air enfantin qui cherche à se justifier.

Ses mimiques absolument charmantes teintèrent un début de complicité entre eux. Ludivine ne put résister à sa demande. Elle le désirait. Sortant l'argent de son sac et le posant sur la table de nuit, chacun quitta son verre. Aidés néanmoins par le mousseux pour se désinhiber, Ludivine effeuilla Hugo. Le privant de son bouclier vestimentaire pour dissimuler son envie que la jeune femme avait perçu, elle prit plaisir aux délices de la chair.

Hugo n'en demeurait pas moins brûlant. Le fait d'être rémunéré l'obligeait à en faire des tonnes. Dans la puissance de leurs ébats, il avait toujours vue sur l'argent qui l'attendait à la fin de sa représentation physique. Et en plus de cela, il prit du plaisir. Ludivine savait y faire. Elle avait de l'expérience et pour le fidéliser, elle choisit de sortir toute la panoplie. Tant dans ses postures que dans ses lenteurs et dans ses emportements, Hugo vécut, son plus bel acte charnel.

Le fait d'être dans cet espace dédié aux plaisirs sensuels contribuait aussi à faire monter le désir.

Plus douce qu'Agathe et plus intense que Sarah, Ludivine se positionnait à la meilleure place. Hugo ne pouvait comparer qu'en termes de partenaires sexuelles, car les sentiments amoureux étaient encore étrangers pour lui. Il aimait l'argent, sans nul doute, mais n'avait pas encore été atteint par l'amour véritable.

Ludivine et Hugo, allongés sur le lit, essoufflés, prirent le temps de se reposer avant de sortir de l'appartement libertin. Ils restèrent quelques minutes, figés : une main posée sur le corps de l'autre, tel un vrai couple.

Puis, Hugo se leva rapidement, enfila ses vêtements devant Ludivine qui hissa sa tête pour le regarder. Souriante et victorieuse de l'avoir tutoyé aussi intensément, elle mordilla sa lèvre inférieure en cherchant encore à voir ses muscles saillants jusqu'à leur disparation totale sous le T-shirt vert chiné froissé.

Elle se leva à son tour et lui tendit tendrement la liasse de billets en le fixant droit dans les yeux.

— Tu reviendras ?
— Je l'ignore…

Elle espérait le revoir rapidement, car elle ne cherchait pas seulement un homme pour s'amuser. Lorsque le courant passait bien, elle construisait une véritable relation et restait fidèle le temps que l'amant accepte la situation. Mariée, la limite était de ne pas faire de projet ou d'officialiser la relation avec l'amoureux illégitime. Les idylles tombaient donc rapidement à l'eau. Elle avait bon espoir avec Hugo. Il s'était montré très réceptif face à ses élans charnels et elle avait remarqué son regard, s'éveiller plusieurs fois évoquant la surprise, l'étonnement, l'envie de poursuivre…

Il se dirigea vers la porte, mais sa réflexion le stoppa net.

— Est-ce que je pourrais t'emprunter ton appartement, demain, par exemple ?
— Pourquoi faire ?
— Tu m'as dit que tu le prêtais à ton amie Julia !
— Tu veux la sauter ici ?
— Euh ! Il se mit à rire nerveusement. Écoute, dis comme ça, ce n'est pas très élégant. J'ai besoin d'argent, à vrai dire…

Il la fixa avec un air sérieux et désespéré. Ludivine vit dans son regard celui de Billy, son premier chien de compagnie lorsqu'elle était enfant. Ses yeux devenaient brillants et tombants sur le coin externe. Sa tête penchait délicatement sur le côté et ses iris basculaient de gauche à droite puis de droite à gauche à une vitesse éclair. Comment pouvait-elle résister ?

— J'ai mieux comme solution ! Tu reviens demain, mais ce sera avec moi ! Et je te payerai encore !

— Ok… ça me va…

Elle prit son numéro de téléphone et il repartit, à peine gêné. Il retourna directement chez Agathe lui donner l'argent. Comme il était devenu une égérie, elle ne lui posa pas de question et imagina qu'il pouvait recevoir des sommes d'argent de façon aléatoire. Son téléphone sonna, c'était Tony.

— Salut Hugo, il faudra que tu viennes demain, y'a une interview pour le magazine M&B.
— Où et quand ?
— Vers 10 heures demain matin au studio.
— Ok. Sarah ne devrait pas être là ?
— Je la remplacerai, je viens de l'avoir au téléphone.
— Entendu, à demain.

Apprenant que Tony avait parlé avec Sarah au téléphone, elle était donc joignable et il se dirigea vers le couloir de l'immeuble pour lui passer un coup de fil.

Agathe suivit Hugo jusqu'à la porte et s'inquiéta de savoir s'il s'en allait. Téléphone à la main, il lui fit signe qu'il s'isolait pour téléphoner, mais qu'il ne partait pas. Agathe regagna son appartement et laissa Hugo.

— Allô Sarah, tu es bien arrivée ?
— Oui, c'est magnifique, dommage que tu ne sois pas là. Tout va bien ?

— Euh oui… ça va sauf que ça merde au niveau du virement.

— Ah oui… Bon, tes parents devraient pouvoir attendre !

— C'est étonnant, car le comptable m'a avoué que c'est toi qui ne veux pas que je possède cet argent. Ni même ma paye de novembre d'ailleurs !

— Écoute Hugo. J'ai eu un texto de ta mère et elle m'a dit qu'ils n'avaient pas de souci pour payer la voiture, tu leur avais déjà envoyé ton salaire de septembre.

— Je rêve ! T'as contacté ma mère ?!

— Je refuse que tu te moques de moi ! T'es pas censé avoir besoin de cet argent, tu vis chez moi !

— Mais tu me veux quoi à la fin !

— Comment ça, je te veux quoi ?

— Tu cherches quoi ? Pourquoi tu fais tout ça ! Je suis quoi pour toi, hein ? Une espèce de marionnette ?

— Non, tu te trompes…

— Dis-moi ce que tu me veux ! Je suis perdu, je ne comprends pas ta façon de te comporter ! Ça n'a aucun sens.

Hugo perdait patience et Sarah se devait de lui apporter une réponse cohérente.

— Je veux que tu restes ! J'ai peur que tu partes, voilà !

Ils laissèrent passer un blanc. Sarah, surprise de ce qu'elle venait de lui avouer, assumait à peine ses paroles. Quant à Hugo, il ne savait plus quoi penser. Il préféra se taire.

Ils balbutièrent des formules de politesse pour se saluer et pouvoir raccrocher.

Sarah, les larmes aux yeux, le menton tremblant reprit son travail de femme d'affaires. Dans sa tête, tout était tracé. Hugo restait avec elle pour ses biens matériels et pour l'avenir qu'elle lui offrait. S'il venait à posséder son propre argent, elle craignait de le voir partir.

Hugo, qui était habitué aux femmes possessives fut perdu par l'attachement particulier que Sarah lui vouait.

Elle ne cherche pas à me posséder physiquement, elle me possède mentalement comme si j'étais sa chose. Tout cela lui parait normal. Elle me rend fou...

Cette façon qu'elle avait, de le traiter semblait venir des tréfonds de son être. Malgré sa douceur et son intelligence, elle possédait des réactions primaires et cette animalité excita Hugo de la même façon. Il fut pris d'une fièvre et sans pouvoir se l'expliquer, il passa l'appartement, se jeta sur Agathe qui se trouvait debout dans la cuisine, notant un rendez-vous médical sur un calendrier mural et l'embrassa avec ferveur. Surprise, elle le repoussa avec la force de ses bras.

— Qu'est-ce qui te prend ?

— Rien, excuse-moi… vraiment…

Il voyait le visage de Sarah sur celui d'Agathe. Il était déboussolé, perturbé. Mené en laisse par Sarah, il se sentait indispensable aux yeux de quelqu'un et cela le mit en valeur et lui donna de l'appétence et c'était cette pauvre Agathe qui subissait la relation écorchée qu'il entretenait avec Sarah.

— Ce n'est pas grave, mais tu sais, je suis enceinte maintenant… je ne veux pas que tu me prennes et que tu me laisses à ta guise.

— Ce n'était pas mon intention, désolé.

— J'ai un rendez-vous dans trois semaines pour ma première échographie. Tu viendras ?

— Oui, j'essaierai de m'arranger.

— Tu peux rester ce soir ? On se fait livrer ?

Agathe tendait un des billets qu'Hugo lui avait amené.

— Tiens, c'est moi qui invite ! dit-elle égayée d'un sourire malicieux.

Hugo passa la soirée avec la mère de son futur enfant. Ils mangèrent des nouilles chinoises sur le canapé et rirent à s'en crisper la mâchoire en voyant les DVD des films et séries italiennes de Fab. Ils regrettèrent son absence et décidèrent de l'appeler en visiophonie. En tournée dans toute la France, il répondit à leur appel juste avant de monter sur scène. Ils le virent maquiller, perruque sur la tête, un brin efféminé.

— Une vraie gonzesse, s'exclama Hugo.
— Je te plais comme ça, hein ?

Il envoya des baisers et demanda à Agathe de lui montrer son ventre.

— Oh, il a bien poussé ! S'il a le physique de son père, j'ai peut-être encore mes chances de me taper le fils du plus beau mec du monde !!
— Ta gueule, lâcha Agathe comme au bon vieux temps.

Fab leur présenta toute l'équipe de comédiens qui guettait derrière dans le petit écran du Smartphone d'Hugo. Ils se saluèrent comme s'ils se connaissaient déjà. Puis ils entendirent « On monte sur scène dans cinq minutes ! »

Fab mima des gros bisous à ses amis et raccrocha. Agathe et Hugo restèrent ensemble sur le canapé et s'endormirent devant la télévision. Hugo sentit son téléphone vibrer. « J'ai besoin de toi et j'en deviens maladroite ! »

C'était Sarah qui ne savait pas comment désamorcer la bombe qu'elle avait déclenchée.

Hugo, le cœur battant à la lecture de ce message pensait qu'elle voyait en lui le fruit de la réussite de Mars Attractive et un gros vecteur de gain. Il ne répondit pas.

Le lendemain, Hugo se prépara pour son interview chez VENUS COSMETIC. Il reçut un nouveau message de Sarah : « bonne chance ! »

Il quitta le canapé et laissa Agathe, qui s'était levée dans la nuit pour gagner son lit.

Arrivé dans l'entreprise, Tony marcha avec lui jusqu'au studio et annonça que la campagne publicité marchait du tonnerre. Les ventes continuaient à grimper et ce n'était pas prêt de s'arrêter.

— Les médias ont envie de te connaître. Tu es devenu une star !

Hugo détendit ses lèvres en usant de son sourire timide. Dans le studio, il vit une équipe de professionnels, installer des micros et des appareils photo. Tony déroula la toile de fond attribuée à Mars Attractive. Hugo passa à la case maquillage, coiffage et habillage avec Nathalie et s'assit sur un tabouret, qui ne se verrait pas sur les photos. Le cadrage se ferait sur la partie haute de son corps. La planète rouge derrière lui pour rappeler la marque, il était paré pour débuter l'interview.

Marc, le journaliste de M&B expliqua à Hugo le déroulement de l'entrevue. Il lui passa une feuille sur laquelle étaient inscrites au stylo les questions qu'il allait lui poser. Au crayon de papier, en dessous, les réponses imaginées par Tony en amont du rendez-vous.

Il regarda Tony.

— Attends… tu veux que je lise les réponses que tu as écrites à ma place ?
— Oui, c'est ce que les gens veulent entendre. On a l'habitude, tu sais.

Hugo pouvait lire à la question « Quel est votre rituel beauté ? »

« J'utilise les produits de la gamme bien évidemment, je fais du sport et je bois beaucoup d'eau. Le sommeil est important aussi, j'essaie de me coucher tôt. »

— Mais je vais avoir l'air stupide de dire ça alors que je ne pratique aucun sport !
— Hugo, ta beauté est naturelle, mais ce n'est pas forcément le cas des lecteurs. Tu les inspires et leur donner de bons conseils fait de toi un modèle, tu

comprends ! Allez, on y va, dit le journaliste du magazine M&B.

Hugo, professionnel, joua le jeu et lu les réponses rédigées par Tony. Puis, la photographe du magazine prit quelques clichés et ils partirent avec de quoi publier un article fade, certes, mais attendu par les lecteurs de ce magazine de beauté.

Hugo regarda son téléphone ainsi que l'heure. Ludivine lui écrit qu'elle serait disponible en début d'après-midi. Il lui répondit qu'il honorerait ce rendez-vous.

Tony appela Hugo pour aller déjeuner ensemble au self. Anita leur servit des frites et un filet de poulet rétracté, sec, sans assaisonnement.

Les têtes pensantes au fond du réfectoire s'agitaient et conféraient avec passion. Même en l'absence de l'instigatrice, le personnel poursuivait son investissement.

— Je vais m'absenter après le déjeuner.
— On ne te voit plus beaucoup depuis que Sarah est partie !
— Elle ne me paie pas. C'est déjà bien que je sois venu pour l'interview.

Tony, n'étant pas surpris par le commentaire d'Hugo n'envenima pas le désarroi du mannequin. D'ailleurs, il en avait été informé par Annabelle, qui ne sut tenir sa langue. Il faut dire qu'en termes de ragot, c'était du pain bénit ! Déblatérer sur la hiérarchie pendant la pause café rendait l'inconfort des petits salariés plus vivable.

C'était sans gêne, qu'Hugo quittait l'empire pour aller retrouver Ludivine avenue Bosquet. Devant la porte de l'immeuble donnant sur la rue, elle se tenait debout, des vêtements à motif léopard la préparaient irrémédiablement à se métamorphoser en un animal sauvage.

Hugo, arrivant presque à sa hauteur, trouvait sa tenue clichée, mais étant donné la relation qu'ils entretenaient, cela lui plu. Il aurait eu moins d'enclin pour une séductrice en jean et en baskets. Ludivine lui attrapa le visage et le regarda droit dans les yeux sans même parler. Ils montèrent les escaliers jusqu'à arriver à l'appartement n°27. Elle était si parfumée et apprêtée qu'Hugo la désirait comme un cadeau flamboyant à déballer. Il aurait voulu commencer immédiatement en passant la porte, mais elle le fit patienter et ressortit la bouteille de champagne de la veille. Après lui avoir servi une coupe, elle s'engouffra dans la salle de bain où elle se mit en tenue très légère. Hugo guettait ses courbes délicates à travers la baie transparente. Sa gorge se serra devant tant de féminité. Il avala des petites gorgées de champagne et attendait impatiemment la suite. Ludivine le rejoignit et posa, tout comme la veille, une liasse de billets sur la table de nuit. Elle paraissait moins épaisse, cependant. Hugo le remarqua.

— C'est les soldes ? Je l'ignorais !

Il salivait de la voir se dandiner autour du lit. Il s'approcha d'elle.

— Ne t'inquiète pas, tu auras la même somme qu'hier. J'ai posé 500 euros.
— Et quand aurai-je l'autre moitié ?

Il se colla contre elle et attendit sa réponse. La porte se mit à frapper. Hugo n'était pas tranquille. Il chuchota à Ludivine :

— Tu attends quelqu'un ?
— N'aie pas peur, détends-toi.

Elle alla ouvrir, et Hugo entendit glousser. Une femme se tenait à l'entrée de la porte dissimulée par la silhouette de Ludivine. Elle finit par entrer et Hugo reconnut Julia Monardes, son autre voisine de table lors du gala. Elle s'avança vers Hugo et le salua. Très habituée également à ces rencontres, tout comme Ludivine, elle se rendit dans la salle de bain pour ôter son trench qui dissimulait une guêpière blanche et des portes jarretelles. Hugo n'en pouvait plus. Elle ressemblait à un ange démoniaque. Cela attisa son côté bestial. Elle posa le reste de la somme au-dessus des billets de Ludivine. Hugo fut ravi de constater que la liasse avait, maintenant, la hauteur convenable. Il comprit aussi qu'il devrait satisfaire deux femmes à la fois. Il pensa à Sarah, mais cela ne dura pas longtemps. Il ne culpabilisait pas outre mesure. Il travaillait.

Ludivine et Julia le guidèrent pendant cet acte à trois dont Hugo ignorait les codes, ne l'ayant jamais pratiqué. Il réussit à les assouvir et en fut heureux, comme la satisfaction du travail bien fait qui mérite salaire.

En revanche, les ébats à plusieurs n'étaient pas son truc. Il passa son temps à se soucier de contenter les bouches et les orifices des deux femmes sans laisser de place à la spontanéité. Il pensa qu'il manquait d'entraînement et que l'amour à trois demandait de la préparation.

Les deux femmes, elles, furent ravies et désireuses de mener ce jeune homme vers le chemin des délices inconnus, inexplorés.

Comme deux maîtresses accessoirisées de laisse en cuir, elles se voyaient déjà diriger leur apprenti bien docile et fidèle. Elles rêvaient…

Ayant fini son travail, il saisit l'argent, leur adressa son sourire angélique habituel qui les firent craquer, encore une fois et passa la porte.

Dans le couloir de l'immeuble, il sortit son téléphone de la poche de son blazer dans l'espoir d'avoir reçu un nouveau message de Sarah. Elle lui avait écrit 45 minutes plus tôt environ : « C'est débile ce que j'ai fait hier. Ton salaire d'octobre doit être sur ton compte, j'ai fait le nécessaire auprès du comptable… et tu me manques ! »

Hugo sentit une chaleur l'envahir, mais ce n'était pas la même sensation qu'avec les deux femmes. Ce sentiment honorable lui réchauffa l'âme. Transpercé jusque dans ses organes les plus profonds et les moins nobles, il ressentit un frisson émotionnel parcourir tout son corps.

Le message de Sarah lui laissa cependant un goût amer. Il se rendit compte que s'il l'avait lu plus tôt, il n'aurait certainement pas passé une après-midi de débauche avec les deux bourgeoises. Le salaire versé par le comptable aurait suffi largement pour subvenir aux besoins d'Agathe.

Hugo longea l'avenue Bosquet et arriva au carrefour qui rattrapait la rue Saint-Dominique. Il croisa un couple se tenant la main devant le commerce de grain de café d'exception où Sarah se ravitaillait régulièrement pour commencer la journée avec une boisson corsée, nécessaire pour gérer son agenda de PDG.

Hugo les regarda saisir leur vélo électrique disposé entre deux bornes noires de protection des espaces piétons. Ils chevauchèrent leur bicycle et, l'un à côté de l'autre, regardèrent une carte de Paris. Hugo passa délicatement à leur droite près de l'épicerie. Il maintint un pas exagérément lent, afin d'entendre des bribes de leur conversation. Sur le trottoir pavillonnaire, Hugo s'arrêta et feignit de l'intérêt pour la vitrine du commerce.

En réalité, c'est ce couple qui attisait sa curiosité. Le temps qu'ils restèrent là, installés sur leur selle de vélo à regarder leur carte routière, Hugo, de dos à eux, cherchait leur reflet dans la vitrine. Il avait remarqué que cette femme était plus âgée que l'homme, mais que, malgré cela, ils avaient la complicité d'un couple. Ils se disputaient comme deux personnes qui s'aiment.

Hugo, novice, n'ayant pas encore connu le sentiment amoureux fut étrangement ému par cette scène. Il les trouvait beaux. Et pourtant, ce n'était pas le premier couple qu'il voyait. Pourquoi cet intérêt soudain pour ces deux touristes de la rue Saint-Dominique ? Lui qui n'avait jamais été touché spécialement par les autres relations resta fasciné devant le magasin de grains de café.

Ému par la complicité du couple, anesthésié par leurs gestes tendres, bien qu'ils ne s'accordaient pas sur la prochaine route à prendre, ils n'en restaient pas moins fusionnels et rieurs. Captant toutes ces subtilités nouvelles, les yeux d'Hugo furent soudainement cadenassés par le regard du commerçant qui se pencha face à la vitre entre un sachet d'arabica du Brésil et un robusta d'Indonésie. L'homme à l'épaisse moustache noire ravitaillait son présentoir et par son arrivée brutale, fit bondir Hugo qui préféra partir immédiatement laissant le couple de cyclistes galérer à trouver le musée Rodin sur leur vieux plan. Cela lui rappela ses difficultés pour trouver le métro lorsqu'il arriva à Paris. Il avait, maintenant, la stature d'un Parisien. Égérie de mode, futur père, nourri et logé par une des plus grosses fortunes de la capitale, sa vie était ici, à présent.

Il s'enfonça dans la rue Saint-Dominique et plusieurs passants chuchotaient à sa hauteur en le montrant du doigt. Ils reconnaissaient le mannequin des affiches placardées partout dans Paris. Les mains dans les poches de son blazer, la tête légèrement baissée avec, devant lui, la dame de fer, qui par sa hauteur semblait veiller sur les habitants et dorénavant sur lui, il se moquait, à présent, de la gloire et ne pensait qu'à une chose : revoir Sarah !

Arrivé à la maison de sa PDG, il aperçut Virginie en jupe courte et petits talons aux pieds faire la poussière sur les plantes vertes du salon. La première fois qu'Hugo la vit dans la cour de la maison, elle portait un jean ce qui paraissait une tenue adéquate pour faire le ménage. Il remarqua qu'au fil des jours, elle choisit des vêtements de plus en plus courts. Il la salua, de loin.

Le petit commerce de café l'avait fait saliver. Dans la cuisine, il remplit le réservoir d'eau de la cafetière high-tech équipé d'un broyeur à grain. Pendant que l'expresso remplissait la tasse en porcelaine, Virginie, à quelques mètres plus loin, de dos à Hugo lustrait les feuilles du magnifique châtaignier de Guyane, qui absorbaient les rayons lumineux de la grande baie vitrée. Les rideaux étaient tirés et le soleil étincelait. Elle se retournait fréquemment pour voir si Hugo la regardait. Il l'avait bien remarqué. Il sourit en saisissant la tasse énergisante et décida volontairement de descendre les marches pour accéder au salon. Il s'assit dans un des grands canapés alors que Virginie continuait de nettoyer les feuilles. Il pensa la mettre mal à l'aise. Il n'en était rien. Elle n'attendait que cela. Sans se retourner, cette fois, elle délogea la poussière énergiquement faisant ballotter son derrière devant les yeux d'Hugo. Ne sachant pas s'il la ''dévisageait'', elle se pencha intentionnellement à plusieurs reprises pour être sûre qu'il voit ses efforts de flexion au moins une fois. Cela amusa Hugo. Son café terminé, il se leva pour nettoyer sa tasse dans la cuisine.

Virginie entendit qu'il quittait la pièce. Elle tourna sa tête à 90 degrés et vit Hugo, au travers des chaises de la salle à manger, qui s'approchait de l'évier.

> — Attendez, je vais la laver ! s'empressa-t-elle de lui dire.

Chiffon à la main, elle traversa le salon en se hâtant. Dans les marches qui séparaient le salon de la salle à manger, tellement échauffée par son désir de se rapprocher d'Hugo que son talon la déséquilibra et sa cheville se tordit la faisant tomber de toute sa hauteur contre un des fauteuils, casés là. Elle hurla de douleur. Hugo accourut auprès d'elle. Il l'aida à se relever, mais la mission s'avéra impossible. Elle ne pouvait poser le pied au sol.

> — Je vais devoir rester là, lui dit-elle, déterminée, malgré sa souffrance.
> — Je joins les pompiers. Ne bougez pas !

Hugo appela les secours quand la porte d'entrée claqua.

Chapitre 9

Interloqué, mais téléphone plaqué sur l'oreille, il s'empressa dans le couloir, inquiet. Qui pouvait bien passer la porte ?

En s'avançant, il fut surpris de trouver Sarah, la tête baissée, poignée coulissante de sa valise à la main, en train de défaire ses mocassins bleu marine. Quelques mèches de ses cheveux caramel recouvraient son visage nu, sans maquillage. Hugo trouva que la photo d'elle, enfant, accrochée juste à sa droite dans l'entrée était identique à la Sarah d'aujourd'hui. Malgré les épreuves du temps, elle gardait la même fraîcheur que la petite fille du portrait. Sarah leva son visage. Ses pépites dorées logées dans ses yeux noisette ressortaient exceptionnellement bien par la lumière que les baies vitrées ne pouvaient filtrer.

Hugo resta planté, là, devant elle.

— Allô ? Allô ? Vous pouvez me dire votre urgence ?

Subjugué par la beauté de Sarah qu'il reconnut enfin, il ignora la réponse des secours dans l'écouteur du téléphone. Il la fixa, ses yeux s'arrondirent et se mirent à briller. Le regard doux et perdu, il fut saisi par la nouveauté des émotions ressenties.

— Allô ? Y'a quelqu'un ?

Il reprit « connaissance » et répondit au régulateur médical. Il lui énonça le problème de Virginie dont il se souvint subitement. Tout en regardant Sarah qui était restée, elle aussi, submergée par le regard d'Hugo, il répondit aux questions. Il dut retourner près de la femme de ménage pour l'interroger sur sa capacité à mobiliser son pied et sur l'évaluation de sa douleur. Le professionnel indiqua à Hugo qu'une équipe de secours allait débarquer.

Sarah et Hugo, troublés par leurs retrouvailles, furent silencieux. La jeune femme, au lieu de revenir deux semaines plus tard n'était restée qu'une nuit en Corse et ni Sarah n'en donna les raisons, ni Hugo ne chercha à savoir la cause de son retour prématuré. Ils restèrent auprès de Virginie et, pour une fois, c'était la patronne qui prenait soin de sa salariée. S'occuper d'elle l'arrangeait tant les deux amants peinaient à retrouver leur complicité.

Le cœur d'Hugo palpitait et ce n'était pas pour la jupe retroussée de la victime allongée au sol. Il regardait les gestes de Sarah. Sa main transportant un verre d'eau pour Virginie, sa démarche délicate et féminine. Il trouva même de la beauté dans sa minceur. Son port de tête fin n'en était que plus gracieux.

Il captait plus facilement, à présent, la fragilité de la jeune femme prisonnière de sa carapace de PDG. Il percevait son aura. Sa blessure profonde liée au décès de ses parents et sa responsabilité à maintenir l'entreprise à flots l'avaient maintenue en éveil jusque là. Hyperactive, travailleuse, elle en avait mis sa vie personnelle de côté. C'est ce qu'Hugo lisait à travers son visage enfantin et meurtri à la fois.

Il pensa alors, que c'était avec lui qu'elle pouvait se déconnecter et retrouver sa joie de vivre. Sarah ne côtoyait personne en dehors du travail et sa dévotion pour son entreprise ne lui permettait pas de relâcher la pression. Hugo avait remarqué qu'en sa présence, au fil des jours, elle gagna en allégresse. Cela ne le laissa pas indifférent.

Enfin important pour quelqu'un, la raison initiale de son rapprochement avec elle s'amoindrit subitement. En effet, si au début, les chiffres faramineux du dossier « banque » logé dans le tiroir de sa pièce secrète déclenchèrent son engouement pour elle, son compte en banque ne semblait plus être le moteur de son désir de la côtoyer, désormais.

Les pompiers installèrent Virginie sur un brancard et quittèrent la maison en indiquant qu'elle ne remarcherait pas de sitôt. Ils l'emmenèrent à l'hôpital faire une radio, mais selon eux, la cheville était cassée.

Hugo brisa le silence :

— Nous allons devoir faire le ménage ?

Sarah, soulagée de l'entendre enfin parler, lui sourit et le rassura.

> — Ne t'inquiète pas, tout le monde rêve de rentrer dans la maison de Sarah Marques ! Je n'aurai pas de mal à trouver quelqu'un !
> — Tu es rentrée beaucoup plus tôt que prévu !
> — Oui…

Elle leva sa valise et la posa sur une chaise sans poursuivre la conversation. Elle ouvrit le bagage et sortit une fiole qu'elle tendit à Hugo. Celui-ci ôta le bouchon et fit couler une goutte de la précieuse huile sur le dos de sa main.

> — C'est celle que tu as sélectionné ? dit Hugo en sentant l'essence d'immortelle.
> — Oui, je n'ai pas eu à visiter tous les producteurs. Celle-ci me convenait en termes de qualité et de prix. Nous serons livrés rapidement et la fabrication pourra commencer ainsi que les premiers tests.
> — C'est génial !
> — Oui…
> — Tu n'as pas l'air enthousiaste ?
> — Oh si, je le suis… Mais…

— Que se passe-t-il ? Je vois bien que ça ne va pas !
    Parle-moi !

Hugo posa ses mains sur les épaules de Sarah. Elle baissa la tête pour ne pas affronter le regard du jeune homme. Puis elle se mit à lui tourner le dos et en prenant un verre dans le vaisselier, lui dit :

— Écoute, je suis rentrée plus tôt, car en réalité, j'avais peur que tu partes.

Hugo, attentif à ses paroles souhaita qu'elle poursuive sa pensée. Elle remplit son verre, face à l'évier et sembla mal à l'aise. Il s'approcha d'elle et se plaça près d'elle pour voir son visage. Elle n'osa pas le regarder et se tourna de l'autre côté.

— Mais qu'est-ce que tu as, enfin !

Il attrapa son verre, le mit dans l'évier et saisit sa main pour qu'elle se retrouve face à lui. Avec son index, il lui leva le menton afin qu'elle le voie et lui exprime son sentiment.

— Regarde-moi et dis-moi les choses… simplement…
    s'il te plaît !

La détermination qu'il avait dans le regard l'attendrit et la calma. Elle put crever l'abcès.

— Marlène a reçu des appels de producteurs d'Hollywood, tu te rends compte !!!

— Comment ça, d'Hollywood ! Tu me parles de quoi !

— Tout le monde te veut, tu imagines ?

Elle se libéra d'Hugo et alla s'installer, boudeuse, dans un canapé du salon, mais espérait qu'il la suive pour poursuivre la conversation. Elle souhaitait, pour cela, être installée confortablement. Cela fonctionna. Hugo la talonna et s'assit à côté d'elle. Il prit sa main et lui demanda de développer, car il ne comprenait rien à son charabia. Elle avala sa salive difficilement comme si elle souffrait d'une angine douloureuse et continua calmement :

— Tu as des propositions de publicité pour Hollywood. Plusieurs personnes essaient de te contacter. Ils demandent ton numéro de téléphone chez VENUS COSMETIC. Marlène ne leur a pas donné vu que tu as un contrat chez nous et que…

— Hé !!! Chut ! Calme-toi ! Il la saisit dans ses bras, elle vacillait face à l'idée de le voir quitter Paris. Je n'ai aucunement l'envie de partir d'ici ! C'est ma vie, à présent : VENUS COSMETIC, les séances photo, les interviews et je te rappelle que j'ai trouvé l'ingrédient principal pour une nouvelle formule ! Je suis bien ici, avec toi.

Elle le regarda intensément, s'imprégnant de la sincérité de ses propos. Hugo, en pleine mutation mentale, se surprit lui-même de se refuser à Hollywood. Lui qui, quelques jours auparavant, aurait été capable d'abandonner VENUS COSMETIC pour une carrière internationale était, aujourd'hui, complètement affilié à l'entreprise de Sarah.

Rassurée par la réaction d'Hugo, elle poursuivit sans faire de vagues :

— D'ailleurs, en parlant d'interview, on a une conférence de presse demain dans la salle média.
— La salle média ?
— Oui, là où a eu lieu ton couronnement !… La salle de gala !
— Quels médias viendront ?
— Beaucoup de magazines. On a fait appel à différents journalistes qui savent mettre en valeur les produits. Ça nous fait de la publicité gratuite et ça leur fait un article. Tout le monde est content.
— Tu te souviens de la soirée de gala ? On avait dansé sur la chanson de fin… Comment c'était, déjà ?
— *Behind Blue Eyes* !

Hugo prit son téléphone et chercha la chanson sur *You Tube*. Il mit le son à fond, se leva du canapé et tendit la main à Sarah. Le sourire franc, sûr de lui :

— On danse Mademoiselle Marques ?

Elle attrapa sa main puis se hissa vers lui, le regard contemplatif et ils dansèrent au rythme des guitares de *The Who*. Ils s'enlacèrent puissamment et ne se lâchèrent plus, ne se détachant même pas pour la partie très rythmée du morceau. La chanson servait de prétexte pour se rapprocher physiquement, n'ayant pas osé le faire dès le retour de Sarah. Hugo la sentit, il huma sa nuque, ses cheveux, c'était sa drogue à présent. Il fut submergé par les émotions. Ses yeux se révulsèrent et il se cramponna à la jeune femme, car il se sentit fébrile.

À la fin de la chanson, tout en tenant les mains de Sarah, il se recula. Il la regarda et elle put voir les yeux du jeune mannequin, étinceler. Hugo fronça les sourcils comme pour tenter de reprendre le contrôle, mais il ne réussit pas. Son cœur s'attendrit sur place, devant la cliente du MACCHIATO devenue, à ses yeux, la plus belle femme du monde. Sarah le regardait attendant une réaction de sa part. Puis, en trois secondes à peine, il lui lâcha les mains et partit, saisi de frayeur, par la porte d'entrée.

Sarah se retourna pour le regarder s'enfuir, mais elle ne dit rien. Elle l'avait lu dans ses yeux. Il l'aimait. Et il venait de le comprendre. Ses sentiments l'effrayaient et, inexpérimenté par son jeune âge, il décidait de s'éloigner de la coupable de son émoi.

Il passa la cour de la maison ainsi que la porte d'un pas décidé pour se retrouver côté rue. Il avait le besoin de voir les mouvements de la vie quotidienne pour se ressaisir. Une femme d'une cinquantaine d'années passa devant lui avec un petit chien portant un manteau rouge à carreaux. Il la regarda et il aurait aimé qu'elle lui parle de tout et de rien, peut-être du mauvais temps qui semblait menacer le ciel parisien. Il marcha quelques mètres et fut la proie visuelle de tous les passants qui reconnaissaient le mannequin de la gamme Mars Attractive.

Il entra dans le café qui faisait l'angle de la rue Saint-Dominique. Il s'installa à une table, héla le serveur pour commander un café et observa les gens autour. Il ne fut pas tranquille, dévisagé ainsi par les clients. Il lui était difficile, à présent, de passer inaperçu. Sur son Smartphone, il composa le numéro de Fab.

— Fab, ça va ? Écoute, j'ai simplement une question.
— Oui, ça va super, je suis à Nantes ce soir ! Et demain, de retour à Paris pour quelques représentations. Tu viendras ?
— Oui, c'est génial, j'ai hâte ! Tu joues, où ?
— Au théâtre de Paris, dans le neuvième !
— Ok, j'essaierai d'y être.
— Tu y seras et c'est tout ! Tu voulais me parler d'Agathe ?

— Euh… non… j'ai une question d'adolescent à adolescent !

Ils se mirent à rire tous les deux.

— Je t'écoute !
— C'est un peu bête…
— Dis-moi ?
— C'est Sarah…
— Quoi, Sarah ?
— Je l'ignore… Elle est...pff… je suis perdu ! Complètement !
— Oh, mais j'ai compris, tu es amoureux, mon chéri !
— Quoi ? Amoureux ?
— Oh que oui ! Tu penses tout le temps à elle et quand t'es à ses côtés tu t'enfuis, hein ? C'est ça ?
— Oui, comment tu le sais !...

Fab se mit à rire. Hugo reprit :

— Donc je suis amoureux ?
— J'en ai bien peur, vieux frère !
— Mais comment je vais faire ?
— Moi quand je suis amoureux, je déplace des montagnes, profite et c'est tout ! Ceci dit, je tombe amoureux tous les jours, alors je ne sais pas si je suis le bon interlocuteur. Mais si tu veux un vrai conseil : avoue-le-lui, vite !

La conversation avec Fab lui fit du bien, même s'il comprit que les sentiments qu'il ressentait pour Sarah ne dureraient pas une journée comme ceux de Fab pour de jeunes hommes.

Il reçut un message :

« Que dirais-tu d'une soirée parisienne ce soir ? Ou simplement d'un film, à la maison, tous les deux. À moins que tu ne veuilles plus me voir ? »

Sarah, par sa demande, le pardonnait de sa fuite soudaine. Hugo avait besoin de cela pour retourner à ses côtés. Gêné par son comportement, il se trouvait stupide et puéril. Il quitta la table du petit café, regarda droit devant lui pour ne pas être atteint par l'attention des autres clients du troquet à son égard. Malgré ses efforts, une jeune femme, rouge comme une écrevisse, assise à la première table à droite de l'entrée, se leva au même moment qu'il passa devant elle.

— Vous êtes le visage de VENUS COSMETIC ? osa-t-elle.
— Euh… oui, je crois ! dit-il en souriant.

Professionnel, même en dehors du travail, il garda son flegme malgré son désir de retourner auprès de Sarah.

— On peut prendre une photo ? Vous êtes une vraie célébrité. Mes amies et moi ne parlons que de vous.

Hugo joua le jeu. La jeune femme d'une petite vingtaine sortit son Smartphone, à coque rose pailletée. Hugo balança son sourire audacieux et posa sa main sur l'épaule de la jeune femme. Elle se mit à rire nerveusement en secouant ses doigts devant son visage comme si elle cherchait à se ventiler afin d'éviter un malaise. Elle le regarda fixement et émit le rire d'une hyène. En se remettant assise, elle en oublia presqu'Hugo, si fière de montrer la photo avec la nouvelle coqueluche parisienne à ses amis.

Il partit enorgueilli, mais avec de nouvelles priorités.

Il rejoignait Sarah. Il allait lui avouer ses sentiments. C'était clair pour lui. Elle devait savoir ce qu'il ressentait pour elle afin d'entamer une histoire réelle. Sur le chemin le séparant d'elle, il croisa plusieurs couples et s'imprégna de leur énergie. Cette fascination pour les duos amoureux était nouvelle pour lui. Il pensa à ses parents, unis depuis longtemps. Avec son regard neuf, il se dit que ses géniteurs n'avaient pas pu ressentir cela l'un pour l'autre. Ça ne pouvait pas être aussi fort que ses sentiments à lui. Il imagina qu'il fut le premier sur cette Terre à s'enticher de la sorte pour un autre être humain.

Arrivant devant la porte, il piétina quelques instants. Le front couvert de gouttelettes liées au stress, il balbutia des mots inaudibles. Les passants le regardèrent, amusés. Un homme élégant ôta son chapeau pour le saluer. Hugo fixa dans sa direction, mais en réalité, il ne voyait qu'une silhouette, avancer sur le petit trottoir. D'un geste de la main, il balaya ses mèches brunes en arrière et ouvrit la porte maladroitement. Dès son passage dans la cour intérieure, il fit semblant d'adopter une allure naturelle et de scruter les nuages comme s'il s'inquiétait de la météo. Il ne fallait pas que Sarah surprenne son état de nervosité par la fenêtre.

Il entra dans la maison, passa le couloir. Elle se tenait dans la cuisine et agrémentait une planche en bois de petites amuses-bouches apéritives. Deux verres et une bouteille de blanc, du Chateauneuf-du-Pape, siégeaient sur le plan de travail. De dos à lui, roulant une tranche de rosette de Lyon, elle se retourna. Elle s'essuya les mains dans un torchon et le regarda avec un sourire approbateur. Sans se parler, elle lui fit comprendre qu'elle pouvait se passer d'explications concernant son départ spontané.

— Je pense qu'un bon film, au calme, nous détendrait. Tu ne crois pas ?

Hugo faisait les cent pas à quelques mètres d'elle, se tenait la nuque, allait et venait en espérant pouvoir exprimer ce qu'il avait sur le cœur. Il s'arrêta une fraction de seconde face à Sarah, le bras tendu vers elle, la bouche prête à émettre un son puis il recommença à marcher de long en large.

Ne se rendant même plus compte de son comportement étrange vis-à-vis de Sarah, il était prisonnier de son désir de lui avouer sa forte inclination pour elle.

Sarah reconnut le caractère entier d'Hugo. Sa démarche droite, sérieuse, mais clownesque, sa maladresse dans son comportement et le côté burlesque de la situation auraient pu être risible. Mais la force de son engagement l'emportait sur le reste. Sarah fut saisie, à nouveau, par la foi qu'il y mettait. Quitte, même, à avoir l'air stupide. Elle tenta quelque chose pour stopper le supplice d'Hugo.

— Que dirais-tu d'aller sur la Côte d'Opale le week-end prochain ? Tu sais, j'ai une petite maison là-bas. À cette saison, c'est plutôt calme et…
— Je… Je suis fou de toi et si je ne te le dis pas maintenant, je crains de ne jamais pouvoir te l'avouer…
   …Je comprendrais que tu ne veuilles plus de moi suite au froid qu'on s'est infligé pendant ton séjour en Corse, mais si je ne te fais pas part de mes

sentiments ici, ce soir, je pense que je vais exploser...

Il la regardait le visage levé vers le haut, gardant ses yeux bien plantés dans les siens. Il semblait être possédé et sortait les mots tout en étant surpris par leur véracité. C'était comme si quelqu'un parlait à sa place et qu'il approuvait ce qu'il entendait.

Sarah ne sut quoi répondre. Elle se tourna légèrement sur le côté tout en le regardant, le souffle saccadé, les paupières supérieures quelque peu tirées vers le bas abandonnant le réflexe du battement de ses membranes mobiles, la bouche entrouverte se fermant pour amoindrir l'effet capricant de sa respiration. Elle en fit tomber le torchon dans lequel elle s'essuyait les mains. Elle le ramassa et se retourna pour poursuivre son pliage de charcuterie.

En réalité, ses yeux fixaient le mur juste en face d'elle et ses mains réalisaient un semblant d'assortiment de saucissons. Ses gestes devinrent trop agités pour passer inaperçus. Hugo s'en rendit compte et il reprit ses esprits malgré la sueur visible sur son visage démontrant le stress et le cœur qu'il avait mis dans sa déclaration.

Il s'avança et se plaça derrière elle. Comme à son habitude, il attrapa son bras et lui fit faire un demi-tour pour se retrouver face à elle. Il se rapprocha encore un peu pour qu'elle sente bien ses muscles tout contre elle.

— Je t'aime. Simplement.

Hugo relâcha la pression qui s'était imposée à lui. Il s'attendait, à présent, à une réciprocité sentimentale de la part de Sarah. Il surenchérit.

— Qu'en penses-tu ?

Sarah laissa un silence s'installer. Toujours figée par les aveux d'Hugo qu'elle avait pourtant compris, mais auxquels elle n'avait pas imaginé autant de ferveur dans sa confession, elle préféra se taire. Hugo lui secoua doucement le bras pour la faire réagir.

— Alors ? essaya-t-il encore.
— Alors !... Je ne veux pas te faire croire n'importe quoi et j'estime qu'il serait égoïste de ma part de te laisser penser que ça peut être sérieux entre nous.

La tête baissée, elle glaça Hugo par ses paroles. Il ne s'y attendait pas. Elle qui disait toujours avoir peur qu'il parte. Pourquoi le repoussait-elle ?

Tout le monde voulait cet homme. Les femmes le désiraient, Hollywood aussi. Les médias commençaient à s'intéresser à lui et la seule personne qu'Hugo aimait, refoulait ses sentiments ô combien sincères et laborieusement avoués.

Sarah prit sa planche garnie pour la déposer sur la grande table de la salle à manger attenante à la cuisine. Ainsi, elle se fermait à la discussion. Elle s'arrêta un instant, se figea puis ses jambes flagellèrent. Elle saisit sa tête entre ses mains, l'empêchant de les utiliser pour retenir sa chute. Hugo, qui se tenait debout derrière elle, appuyé contre l'évier fut témoin du malaise et accourut vers elle. Il la maintint debout tout en tirant une des grandes chaises en acacia massif. Il l'aida à s'asseoir.

— Que t'arrives-t-il ? Ça va ?
— Oui, ne t'inquiète pas… la fatigue du voyage… toutes ces émotions… Et je n'ai pas mangé !
— Tu es sûre ?
— Oui, donne-moi un verre d'eau, si tu veux.

Hugo retourna à l'évier, lui préparer un verre d'eau et regarda les deux verres et le Chateauneuf-du-Pape qui attendaient désespérément deux personnes pour leur faire honneur. Le verre de la bouteille avait perdu son opacité due à sa réfrigération. Le vin avait chauffé et Hugo trouva ça regrettable. Malgré sa déception suite à sa déclaration, il fit bonne figure et s'inquiétait davantage pour l'étourdissement de Sarah plutôt que de son refoulement. Il lui tendit le verre d'eau.

— Tu as raison, on devrait se regarder un film et grignoter ce que tu as préparé. Et ce vin qui prend la température de la pièce, quelle torture ! dit-il, souriant, prévenant.

Sarah le regarda et ses lèvres essayèrent de lui rendre son sourire, mais la gêne occasionnée par la situation ne lui permit pas de se dérider avec franchise. Toutefois, elle se leva, aidée par la main d'Hugo et, tous deux chargés de victuailles, ils se rendirent dans le salon privé de Sarah.

La pièce d'une cinquantaine de mètres carrés restait impressionnante pour Hugo, le provincial. Pour la première fois, ils allaient s'installer dans cette salle de cinéma prévue pour douze personnes. Trois rangées de quatre fauteuils en cuir gris anthracite, larges et individuels, séparés par des appuis-coudes accessoirisés de porte-gobelets, en imposaient par leur voluminosité. Pour ne pas faire les choses à moitié, le confort ne semblait pas avoir été négligé. Tous électriques et massant, chaque cinéphile possédait sa propre télécommande ordonnant au fauteuil l'option désirée et avait le loisir de choisir de transformer la séance en un vrai moment de bien-être.

Sarah brancha son Smartphone au vidéoprojecteur qui dominait le fond de la pièce là où se trouvait également la porte pour accéder à la salle obscure. C'était tout un univers qui avait été créé, là, au beau milieu des autres pièces à vivre. Dépourvu de fenêtres, les lumières à LED comme seule source de clarté, parsemaient d'étoiles le plafond sombre. Hugo monta un petit escalier accolé au mur et se trouva au sommet de la salle de cinéma. Il descendit les paliers composés des rangées de fauteuils. Le plan incliné de la salle l'amenait vers les premières assises et il posa la planche de charcuterie. Il remonta les marches et reprit l'escalier serré qui le mena dans la fosse où se tenait Sarah avec posé à côté d'elle sur un rebord, le plateau contenant la bouteille et les verres. Elle faisait défiler les différents films proposés sur la plateforme de vidéos à la demande. Hugo posa ses mains sur le plateau et tourna sa tête dans la direction de Sarah.

— Tu trouves ?
— Je ne sais pas ce que tu voudrais regarder…
— Peut-être pas un film romantique, dit-il d'un ton railleur.
— Et pourquoi pas !
— C'est toi qui choisis…

Et il saisit fermement le plateau et l'emmena au premier rang, sur le large appui-coude qui le séparerait de Sarah. Il s'installa sur le fauteuil mastodonte. L'épousant comme un nuage pourrait le faire dans l'imaginaire collectif, il utilisa les commandes et essaya les différentes positions alternant l'inclinaison du dossier ainsi que celle du repose-pied. Enfoncé dans le cuir, il leva son bras et piocha au hasard, sur la plateforme séparant les fauteuils, une tranche de saucisson. Il l'enfonça dans sa bouche et comme il sentait qu'il glissait trop dans le fauteuil, il se remit en position d'origine : le dos droit et les pieds au sol. Il servit le vin dans chaque verre et fut surpris par le faisceau lumineux reflétant le large écran de projection. Le film commençait.

Sarah, rejoignit Hugo. Assise à ses côtés, ils firent sonner leurs verres avant de déguster le précieux nectar. Le logo de studio *UNIVERSAL* passé, un texte anglais défila sous-titré en français puis des images d'époque de *Fidel Castro* illustrèrent le début du film de *Brian De Palma*.

Sarah regardait Hugo pour voir s'il avait une quelconque réaction.

— Il est super bon ton vin !

Elle rigola, voyant qu'il semblait plus intéressé par l'apéritif que par le film.

— C'est un vieux film, non ? finit-il par dire la bouche ouverte, prêt à engloutir de la rosette.

Scarface s'afficha à l'écran.

— Tu l'as sûrement vu, c'est un film culte !

— Non, j'avais entendu le titre, mais je ne l'ai jamais vu.

Devant le drame de 1983, Hugo assista au rêve américain de *Tony Montana.*

— Il tue son patron pour devenir le patron ! Je ne te ferai jamais ça… dit Hugo profitant de l'ironie du moment et de la ressemblance anecdotique entre lui et le personnage principal du film.

Sarah le regarda, fière de voir qu'il s'intéressait à une œuvre venant d'une époque qu'il ne connaissait pas. Ce film, elle l'avait vu et revu et ne loupait rien à l'action en regardant Hugo comme un gamin découvrant le septième art. Sarah, cinéphile, considérait que les films comme *Scarface* avaient façonné ceux des générations suivantes et ils en demeuraient être des références.

D'une durée de presque trois heures, la bouteille et l'assiette charcutière eurent le temps de s'épuiser. Hugo remercia Sarah de lui avoir fait découvrir une telle œuvre cinématographique. Le vin désinhibant, elle se leva et aida Hugo à sortir de son fauteuil. Ils se retrouvèrent debout face à l'éclairage du projecteur. Il n'osa rien dire, encore blessé par la non-réciprocité des sentiments de Sarah à son égard. Elle se positionna face à lui et leva légèrement la tête pour atteindre son regard. La connexion se fit. Son âme transperça ses yeux et Hugo fut atteint par les pensées de Sarah. Elle l'aimait très fort, mais elle avait peur. Voilà ce qu'il perçut dans ses pépites d'or disséminées tout autour de ses pupilles.

Comprenant cela, il usa de sa virilité pour la rassurer. Il la saisit tenacement contre lui, la fixa encore plus intensément qu'auparavant et il l'enveloppa de ses bras sécurisants. Il ignorait s'il pouvait l'embrasser sans que cela lui provoque un refoulement. Alors, il posa son menton sur son épaule, sentit à nouveau son odeur et eut du mal à se retenir d'immobiliser son visage pour l'embrasser.

Changeant de posture, elle posa ses mains sur ses épaules pour le déloger de sa nuque et sa bouche vint se coller à la sienne, sans retenue, sans calcul aucun. Hugo, ému, expira un souffle libérateur. En tension sexuelle depuis trop longtemps, ils ne prirent pas le temps de baisser un des fauteuils. Ils assouvissaient un besoin primitif et noble à la fois.

Dans la salle de cinéma encore éclairée par le vidéoprojecteur et les étoiles au plafond, ils se possédèrent comme jamais auparavant. Ils ne s'étaient jamais goûtés de la sorte et chacun se délecta de l'autre. Leur fusion était telle qu'ils ne remontèrent pas à la surface. Noyés l'un dans l'autre, ils ne formaient qu'une seule entité et ne ressentirent aucune lassitude malgré que la pendule du salon affichait 3 heures. Le point culminant de leur extase, terminé ; ils mirent quelque temps à émerger.

Hugo, essoufflé, le corps moite, aida Sarah à retrouver ses vêtements, qui préféra, en fait, se rendre directement à la salle de bain se doucher et se mettre en tenue de nuit. Hugo débarrassa la pièce de projection. Il ramassa le linge au sol, prit la vaisselle restée sur l'appui-coude, éteignit le vidéoprojecteur et les LED du plafond. Il s'avança, nu dans le couloir, chargé et se désencombra. Il passa près de la salle de bain. Il entendait l'eau couler et ne put s'empêcher de rejoindre Sarah sous la douche.

Ils passèrent le reste de la nuit tranquillement, dans les draps de soie.

Chapitre 10

Sarah et Hugo se réveillèrent les yeux chargés de reconnaissance. Sans se l'avouer, utilisant le langage non verbal, ils se remercièrent d'avoir eu le courage de débloquer leurs sentiments et d'assumer leur amour.

Après leur tasse de caféine, ils sortirent et furent aveuglés par la lumière vive qu'offrait la saison automnale. Les feuilles d'arbre couvraient la petite cour de Sarah et donnaient du charme à la propriété. Hugo se rappela que Fab donnait une représentation de la comédie musicale dans laquelle il jouait le soir-même.

— Tu m'accompagneras voir Fab ce soir ? Il joue dans ''les Robertini'' au théâtre de Paris !
— Oui, avec plaisir… il y aura Agathe aussi ? lui répondit-elle l'œil un brin provocateur.

Hugo prit un moment pour accepter que le prénom d'Agathe, la mère de son futur enfant, sorte de la bouche de la femme qu'il aime. Elle stoppa la réflexion d'Hugo :

— Je ne suis pas jalouse, tu sais !

Il la prit dans ses bras et lui frotta énergiquement le dos en riant montrant que malgré le malaise ressentit, il était satisfait qu'elle n'entama pas une crise de jalousie.

En arrivant chez VENUS COSMETIC, tout le monde, à l'accueil, semblait s'être agglutiné autour d'un même bureau et se sépara comme un essaim d'abeilles en fuite à l'arrivée de la PDG et de son bras droit. Chacun posté à son bureau, leurs regards obliques étaient inhabituels. Ils saluèrent le couple sans enthousiasme. Sarah tenta une conversation :

— C'est la conférence de presse qui vous met mal à l'aise, regardez vos têtes !

L'événement avait lieu aujourd'hui et donna du fil à retordre à l'équipe pour l'organiser. Il avait fallu passer de nombreux coups de fil et se préparer aux attentes des journalistes. La salle de gala avait aussi été aménagée de sorte à recevoir les médias. Le personnel installa cinq tables avec cinq chaises, munies de chevalets portes-nom.

Tony arriva à l'accueil et prit une posture recroquevillée. Impatient et semblant préoccupé, il regarda Sarah.

— Tu veux bien venir dans mon bureau s'il te plaît ?

Sarah caressa la main d'Hugo, lui signifiant qu'elle revenait tout de suite.

Une fois au service des ressources humaines, Tony montra un magazine, sorti le matin-même en kiosque à sa cousine. On voyait dans un coin de la couverture, Hugo entrant dans un appartement avec Ludivine. Il était écrit en jaune : « La nouvelle égérie de VENUS COSMETIC couche avec la femme du milliardaire Robert Rousseau. »

Pendant que Sarah apprenait cela dans le bureau de Tony, Hugo s'approchait d'Annabelle et tombait sur le même magazine. Il le feuilleta, désemparé, sans même lire l'article. Il se sentait sali. Inquiet de la réaction de Sarah, il courut et ouvrit la porte du bureau de Tony.

— Viens, je dois te parler, dit-il à Sarah.

Elle fit non de la tête et semblait désespérée. Sa tête s'était inclinée vers l'avant et ses yeux fuyaient ceux d'Hugo.

— Viens, s'il te plaît !

Il prit sa main, repassa devant l'accueil et l'emmena dehors. Les employés, bien calés derrière leurs bureaux, se redressèrent soudainement et élevèrent leurs fessiers endoloris afin de ne pas louper la petite scène qui se jouait. Écartés des escaliers, debout près d'un arbuste, Hugo tenta de s'expliquer auprès d'une Sarah, dubitative. Il n'essaya pas de dissimuler la vérité.

— Il me fallait de l'argent au plus vite et tu avais fait en sorte que je ne reçoive pas le versement de mon salaire.

— Ah ! Bien sûr ! Donc c'est ma faute, si je comprends bien ?

— Non, pas du tout…

Le jeune couple s'étant avoué leur amour fou la veille se querellait devant un public réjoui, attendant des détails croustillants. La moitié des salariés de VENUS COSMETIC étaient, en effet, postés par les fenêtres donnant sur la cour de l'entreprise. Se marchant dessus et se chevauchant pour ne pas en perdre une miette, ils se réjouissaient d'être les spectateurs d'une scène de ménage entre célébrités.

Sarah insistait pour savoir pourquoi il avait tant besoin d'argent. À bout de nerf, il l'emmena vers lui et lui dit tout bas, dans l'oreille :

— Agathe est enceinte et c'est moi le père !

Il était si énervé qu'il lui révéla cela comme si elle méritait de souffrir. Alors qu'en réalité, il était en colère contre lui-même. Les choses s'étaient enchaînées rapidement et il avait fallu agir vite, sans penser aux conséquences. En y réfléchissant, il se dit qu'il aurait pu opérer différemment.

Sarah se doutait bien qu'Hugo avait eu une liaison avec Agathe avant de la fréquenter et ne pouvait pas lui en vouloir. Elle le surprit même, par sa réponse :

— Hugo, pour moi, c'est une bonne nouvelle… Je ne te parle pas de ta partie de jambes en l'air avec Ludivine. Je te parle de cette grossesse. Elle est enceinte de toi et donc tu seras père grâce à elle. Avec moi, tu ne l'aurais jamais été.
— Tu ne peux pas en avoir ?
— Exactement…

Elle baissa la tête. Hugo, dépitée d'apprendre qu'elle ne porterait jamais son enfant, la prit dans ses bras et lui murmura :

— Je suis désolé… je l'ignorais…
— Ce n'est pas grave… ce bébé sera le tien et j'espère que je pourrai un peu profiter de lui !
— Bien sûr ! Je ne compte pas te lâcher ! dit-il d'une mine espiègle. Et sache bien que je me fous de cette Ludivine Rousseau. C'était vraiment pour obtenir de l'argent rapidement, tu le sais, hein ?

Sarah, quelque peu blessée dans son orgueil comprit néanmoins la position d'Hugo et culpabilisa de ne pas lui avoir donné l'argent qu'il demandait.

Si je l'avais fait, ça lui aurait évité de coucher avec cette pétasse, pensa-t-elle.

Le couple retourna au sein de la société et tous les sous-fifres regagnèrent leur place.

La conférence de presse allait bientôt commencer. Tony appela Hugo, à présent.

Il le suivit dans son bureau et pensa qu'il allait se prendre un savon. Tenant le torchon dans sa main, Tony explosa :

— Mais tu fais quoi avec Sarah ? Tu le sais qu'elle est amoureuse de toi ? Elle me l'a avoué, vois-tu ! Tu joues à quoi en couchant avec cette salope de Ludivine ? On sait qu'elle couche avec tout le monde avenue Bosquet, ce n'est pas le premier article !! Mais, toi, putain... T'es jeune !? T'as vraiment besoin d'une pute comme elle ?

— C'est peut-être moi la pute ! J'avais besoin d'argent...

Hugo se comportait comme un gamin que l'on réprimande, mais commençait à monter en pression. Tony, très en colère et protecteur envers sa cousine ne lâchait pas le morceau.

— Mais tu vis avec Sarah, t'as vraiment besoin d'argent, sérieux ? Tu me prends pour un con ! Jouer avec ma cousine revient à jouer avec mes nerfs ! Méfie-toi !

Hugo, trouvant que Tony allait trop loin, se rebella.

— Hé !! Tu ne me parles pas comme ça ! Je n'ai pas à recevoir de leçons de quelqu'un comme toi, qui bave devant les cuisses des secrétaires. Et tu sais quoi ? Si je ne conviens pas et bien je me barre et c'est tout ! Je quitte la boîte, tu m'entends ? Je ne supporterai pas que toi ou quelqu'un d'autre me parle encore comme ça, au travail !

Il pointait son index sur Tony et son nez se fronçait pendant son insubordination. Il renchérit, sûr de lui :

— Allez, sors ton contrat ! Tu peux le déchirer, je démissionne, tu auras ma lettre.

Il se dirigea vers la porte quand Tony avança d'un bon pas et ferma la porte devant lui, le gardant dans le bureau. Il radoucit le ton de sa voix.

— Non, reste ! Sarah a besoin de toi.

— Sarah a besoin de toi, Sarah a besoin de toi ! Elle peut m'avoir sans que je travaille ici ! Ce boulot n'est pas pour moi, en tout cas. Je suis photographié dans la rue ! Je n'ai jamais voulu ça ! Je fous le camp…

Il souhaitait que Tony s'écarte de la porte, mais celui-ci l'immobilisait usant de sa force. Les deux hommes commencèrent à se pousser. Le regard surpris par leur comportement, mais l'un déterminé à garder Hugo dans l'entreprise et l'autre dégoûté par sa nouvelle vie en captivité, prisonnier de son succès et au centre des adulations des médias, Hugo mit Tony au sol et lui tint le col de sa chemise, victorieux de le dominer.

Tony, démuni, ne sachant pas comment calmer la colère d'Hugo et imaginant déjà le crochet droit du jeune mannequin lui exploser le visage, lui expliqua la raison pour laquelle il s'inquiétait tant pour sa cousine. La voix diminuée par les mains d'Hugo serrant légèrement son cou, il lui dit les mots simples, mais durs à entendre :

— Elle est malade, elle est au dernier stade. Elle t'a choisi pour l'entreprise.
— Hein ?

Hugo plaqua à nouveau Tony au sol avec violence et lui serra un peu plus le cou. Tony se mit à se débattre et tout en sortant des sons venant de sa gorge, provoqués par l'étouffement maintenu par Hugo, il tenta d'aligner trois mots ordinaires, mais éloquents :

— Elle va mourir !

Hugo, le regard hésitant, interrogatif, lâcha le col de Tony et se releva en rigolant sans sortir le moindre son. Des filets de salive sortirent de sa bouche.

— Tu ne sais plus quoi dire pour que je reste, dit-il insolemment.

Tony se releva difficilement et sa gorge ayant été comprimée pendant la querelle, il la maintint de ses deux mains. Hugo se mit assis sur la chaise de bureau. Vautré, ses longues jambes tendues jusqu'au pied de Tony, il regarda le DRH sur le côté, avec des yeux perdus. Ses iris semblaient noyés dans son liquide lacrymal. Les émotions exacerbées, il ne savait plus comment démêler le vrai du faux et se sentit soudainement épuisé par les événements.

Il attendait que Tony reprenne ses esprits. Le cousin de Sarah, un peu groggy, sa tête ayant légèrement tapé sur le sol, se mit à se déplacer et gagna son fauteuil relaxant de DRH. Ils entendirent frapper à la porte. C'était Marlène :

— Vous faites quoi ! On vous attend pour la conférence ! dit-elle sans entrer dans la pièce.

— Oui, on arrive ! cria difficilement Tony de façon à ce que le son de sa voix traverse la porte.

Tony, assis face à Hugo, séparé de lui par le bureau, se fit couler un café dans sa machine instantanée, installée sur le meuble tapissé de dossiers. Il faisait racler sa gorge.

— T'en veux un ? lui dit-il en tendant une tasse à Hugo.
— Non ! Je veux savoir ce qui se passe, là ! Pourquoi tu me dis que Sarah va mourir ?
— Parce que c'est vrai. Il avala une grande gorgée bien corsée. Et ce n'est pas moi qui le dis. Ce sont les médecins…
— Mais c'est impossible ! Pourquoi elle mourrait !
— Elle a une tumeur au cerveau… Stade 4… c'est très grave…
— Comment ça ?
— Écoute Hugo… C'est incurable, tu comprends, inopérable !
— Les médecins se trompent, parfois !
— Ils lui donnaient un an… Et ça a fait un an…

Hugo n'y croyait pas et, dans sa tête, reformulait la même conclusion incessamment : « c'est impossible ! »

Tony lui expliqua la batterie d'examens subie il y a tout juste un an, à la fin de l'été 2021. La tentative des rayons qui n'aboutit à rien, la tumeur ayant gagné du terrain et ne répondant plus au traitement chimique. Hugo se mit à écouter attentivement Tony, réalisant que ses propos n'avaient rien de hasardeux. Il prit sa tête entre ses mains et rebroussa ses cheveux. Il comprit que sa vie prenait un tournant différent, mais n'admit pas la réalité.

Sarah, pleine de joie, hyperactive, comment pouvait-elle être atteinte d'une maladie aussi grave ?

Pendant que Tony continuait d'énumérer les centres de soins foulés par Sarah, Hugo se remémora des détails. Quand elle lui disait qu'elle serait égoïste de construire une histoire sérieuse avec lui et qu'elle ne pourrait pas lui donner un enfant. Le fait qu'elle accepta aussi facilement qu'il devint le père d'un enfant commun avec une autre femme. La facilité de l'excuser pour avoir passé un après-midi dans un appartement loué pour des parties de débauche.

Médicalement parlant, il n'avait rien perçu. Mis à part ce malaise ressenti avant la projection du film. Et il souhaita comprendre aussi pourquoi elle avait si peur qu'il s'éloigne d'elle. Il coupa Tony.

— Tu m'as dit qu'elle m'avait ''choisi'' ? Qu'est ce que ça signifie ?
— Je préférerais que ce soit elle qui te le dise, si elle en a la force. Sarah exprime si peu de choses… c'est

une femme secrète, tu sais ! Elle a insisté pour que
je ne parle jamais de cela à personne. Je suis le seul
à être au courant. Tu l'es aussi, à présent. S'il te
plaît, ne me trahis pas.

La confession dramatique de Tony calma le jeu entre
les deux hommes. Hugo, complètement perdu ne pouvait
imaginer la suite des événements et appréhendait de
croiser le regard de Sarah.

— Il faut y aller, mon pote, dit Tony en tapotant
l'épaule d'Hugo. Je sais que c'est dur, mais il va
bien falloir continuer. Et pour l'heure, elle nous
attend dans la salle des médias. Sois fort… pour
elle, hein ?

Le DRH s'était levé. Une main appuyée contre le
bureau et le dos voûté pour se rapprocher physiquement
d'Hugo et lui faire sentir qu'il n'était pas seul, il
l'encouragea à se ressaisir et à poursuivre les intérêts de
l'entreprise pour Sarah.

Hugo sortit de son fauteuil comme un robot rouillé, en
bout de course. Il se laissa guider par les paroles de Tony.
Telle une épave, dépourvu de réflexion, son cerveau ne
semblait plus en faculté d'assimiler une nouvelle
information. La pratique de la marche, une des premières
fonctions que l'homme acquiert, restait possible par son
côté primaire, non calculé, sans besoin de concentration

démesurée. Il se traîna ainsi jusqu'à la porte de la salle des médias.

Tony l'ouvrit et l'air qui s'échappa à l'ouverture, fouetta le visage d'Hugo. Ses paupières tombantes pendant le trajet s'ouvrirent et parmi le monde, il vit Sarah à la seconde où il entra. Attablée sur l'estrade, la conférence avait déjà commencé. Mettant trop de temps à venir, ils avaient débuté sans eux. Les journalistes étaient en train d'interroger les têtes pensantes de VENUS COSMETIC sur la nouvelle gamme Mars Attractive. Sarah, déconcentrée par l'arrivée d'Hugo et de Tony, stoppa sa participation, un instant. Elle fit un sourire à Hugo. Celui-ci, ému de la voir, vivante, en pleine forme, en pleine possession de ses moyens, se dit que sa beauté actuelle dépérirait. Un an ! Selon Tony, elle avait déjà profité d'un bonus de temps. Son cousin semblait catégorique sur l'état de santé de Sarah. Elle ne s'en remettrait pas.

Hugo renvoya le sourire à Sarah, mais il ignorait que des larmes coulaient le long de ses joues. Il n'avait pas conscience non plus que son attitude était celle de quelqu'un qui vient d'apprendre une nouvelle bouleversante. Il continuait de lui sourire pensant que le reste de ses émotions ne se verrait pas et il se disait que maintenant, il ferait tout pour embellir ses derniers jours ou ses derniers mois… Envisager qu'il lui resterait une année ou plus serait trop optimiste.

Sarah regarda Tony. Son sourire pincé, l'interloqua tout autant que le regard larmoyant d'Hugo. D'ailleurs, elle avait trouvé étrange qu'ils passent autant de temps dans le bureau ensemble. Elle les dévisagea, à tour de rôle. Leurs mines décomposées en disaient long et elle reçut même un regard plein de pitié venant d'Hugo, malgré le mal qu'il se donnait à cacher son malaise.

Sarah haussa ses sourcils, se leva d'un bond et, même avant que les deux hommes ne s'installèrent, s'approcha de Tony lui murmurant dans l'oreille :

— On sort dans le couloir, il faut que je te parle tout de suite !

Ils sortirent sans s'excuser, laissant Hugo, penaud, ne sachant plus s'il devait gagner sa place sur l'estrade ou attendre qu'ils reviennent.

Les journalistes commencèrent à parler entre eux et à s'interroger sur la suite de l'entrevue.

Sarah et Tony, s'étaient éloignés un peu dans le couloir. Debout à côté d'un banc, elle l'interrogea, le regard perçant, en quête de vérité.

— Tu l'as dit à Hugo, hein ?

— …

— Allez ! Réponds-moi ! Dis simplement oui ! Allez !
Je l'ai lu dans vos regards dépités !
— Oui, je lui ai dit ! Il voulait quitter VENUS ! Il était
en colère, il m'a empoigné !
— Et alors !!! J'aurais pu le convaincre de rester par la
suite.

Sarah, à fleur de peau, contrariée qu'Hugo, qui la traitait comme une femme saine allait maintenant la regarder avec pitié, eut peur de le faire fuir définitivement.

— Calme-toi ! Si je lui ai avoué, c'est que ça devait se
passer comme ça. Il a le droit de savoir. Il faut qu'il
se prépare après tout… Je sais que tes symptômes
évoluent… comment il peut s'occuper de toi s'il ne
sait pas ce que tu as ?

Elle s'adoucit et s'assit sur le banc. Tony fit de même. Il lui prit la main et sa colère, s'amoindrit. Elle sanglota quelque peu.

Hugo, de son côté, quitta les journalistes et avança dans le couloir. Il vit au loin, Sarah et Tony et s'approcha d'eux. Tournée légèrement vers Tony, elle ne le voyait pas arriver. Le DRH, lui, leva ses yeux en direction d'Hugo et fut ému d'avance de la scène qui allait se dérouler devant lui. À la démarche d'Hugo, il sentait que les vérités allaient éclater dans ce couloir qui séparait la salle de gala du cœur de l'entreprise.

Sarah, troublée par le regard de Tony, les yeux immobiles en direction du fond du couloir, se retourna. Elle vit Hugo s'avancer. Sa moue boudeuse et triste fit comprendre au jeune homme la discussion qu'elle venait d'avoir avec Tony. Il s'approcha, le pas léger, mais le visage chargé en émotion. Il n'avait jamais été aussi beau. La détermination, la compréhension, la compassion et l'intelligence du jeune homme, irradiaient dans ce couloir vide. À la hauteur de Sarah, il lui tendit la main pour qu'elle se lève. Il serra les mâchoires. Ses yeux vifs pénétrèrent les étoiles dorées plantées dans les yeux de la trentenaire. Sans dire un mot, elle se leva. Ils se fixèrent encore quelques secondes.

— Je sais ! dit Hugo brièvement, mais clairement avec une puissance enveloppante.
— Je sais que tu sais, répondit Sarah.

Tous deux se prirent les mains, les yeux humides. Il l'enlaça, posa son menton sur son épaule et lui murmura :

— Je ne te lâcherai pas, tu m'entends ! Tu es ma raison de vivre et ça ne changera pas.
— Tu devrais peut-être fuir maintenant ! Ça ne sera pas facile… dit Sarah, émue, les larmes roulant jusqu'au col de son chemisier.
— Jamais, tu m'entends ? T'es si forte… je ne peux pas imaginer une telle chose ! Je vais rester avec toi

et on verra ce qu'il se passe. Mais tu vas vivre… encore…

Il engouffra sa tête confuse contre le cou de Sarah et leurs larmes se mélangèrent sous les yeux de Tony qui, lui, cherchait un mouchoir dans son pantalon à pinces.

Sarah savait que l'espoir d'Hugo était vain, car elle voyait sa maladie évoluer rapidement. Toutefois, elle ne s'opposa pas à son optimisme irréaliste. À l'heure actuelle, ils se trouvaient là, ensemble, vivants et décidèrent de profiter de cet état des choses. Ils séchèrent leurs larmes et reprirent leurs esprits.

La conférence de presse se poursuivit. Sarah, envoyait des sourires tendres à Hugo. Il retenait ses larmes. Il trouva une dimension spirituelle en elle. Il venait d'apprendre que celle qu'il aimait s'approchait de la mort et en avait conscience. Cela la rendait encore plus exceptionnelle. Cependant, il comptait la garder vivante…

Les journalistes ayant fini leur besogne, repartirent, dossiers à la main. La journée reprit son cours. Un tabou s'installa naturellement entre Sarah et Hugo : ne pas reparler de sa maladie semblait évident. Vivre encore plus intensément, en revanche, était permis.

Dans le bureau de Sarah, ils regardaient ensemble les ventes de Mars Attractive. Ça cartonnait.

— Tu veux toujours aller voir Fab au théâtre ce soir ?

— Bien sûr, pourquoi je ne voudrais plus…

— Oui, c'est vrai… Pourquoi tu ne voudrais plus…

Hugo voulait que Sarah profite du reste de sa vie. Cependant, il redoutait d'en faire trop et de l'épuiser. Il connaissait son hyperactivité, mais sa maladie atteignant son terme, il espérait que Sarah se mette des limites.

''Les Robertini''

Le nom de la comédie musicale était affiché sur la façade du théâtre rue Blanche, dans le neuvième arrondissement. Sarah avait garé sa moto au parking Pigalle à quelques centaines de mètres. Hugo trouvait la rue Blanche étroite pour couvrir un théâtre et fut interloqué par l'immense brigade de sapeurs pompiers juste en face. Il pensait ne trouver que d'autres sites culturels et tout un tas de bars et de restaurants.

Ce fut sans grande surprise de voir Agathe débarquer devant le théâtre. Le ventre à peine arrondi, mais posé sur une ceinture dorée : phénomène d'appartenance à la communauté des femmes enceintes qui savent mettre leurs rondeurs en valeur. Elle était avec une femme d'une cinquantaine d'années.

Hugo l'aperçut. Sarah lui donna son aval pour aller la saluer.

— Comment vas-tu ? Tu as toujours ces nausées ?
— Ça va un peu mieux. Je retourne au MACCHIATO demain soir.
— Génial !
— Je te présente ma mère qui est venue du sud pour me voir : Lucie… Maman, voici Hugo, le père, donc !

Hugo, bien que rangé dans la case d'éléments perturbateurs de la vie d'Agathe aux yeux de Lucie, ils furent tous les trois très polis. Sarah les rejoignit et discuta avec Agathe avec bienveillance, approuvant le bébé en cours et acceptant qu'Hugo s'inquiète pour la mère de son futur enfant.

Hugo ne la trouva que plus fantastique.

Elle regarde les choses comme si elle les voyait pour la dernière fois. Elle dégage de l'amour et de l'humanité et rend les gens heureux par sa bonté.

Agathe se sentit en sécurité de voir que le père de son bébé était devenu aussi posé. Le fait qu'il fréquentait Sarah, contribuait à l'assurance d'un avenir sans problèmes financiers.

Fab sortit par l'entrée du théâtre et invita ses amis à le rejoindre.

— Venez vite, je vais vous montrer, mais il faut que je me prépare !

À moitié maquillé, il entraîna Sarah, Agathe, Lucie et Hugo dans le théâtre de Paris. L'ouvreuse s'approcha d'eux et reconnut Fab.

— Je vais juste leur montrer l'envers du décor, Cécile, tu permets ?
— Bien sûr !

Dans la majestueuse salle de spectacle flamboyante aux couleurs rouges, sublimée par des moulures dorées à chaque balcon et d'une rosace au plafond, Hugo fut subjugué par l'ambiance particulière qui y régnait. Il s'imaginait que des grands noms de la comédie s'étaient illustrés ici même vêtus de costumes d'époque et utilisant des termes surannés illustrant toutes sortes de vaudevilles et d'opérettes, amusants les Parisiennes et les Parisiens les plus aisés du quartier. Dans ce théâtre datant de la fin du XIXème siècle, Hugo se sentit enveloppé et boosté par les artistes fantomatiques ayant laissé leur énergie et leur bienveillance dans cet espace vide, mais habité.

Fab monta un petit escalier les emmenant sur l'avant-scène. Le rideau rouge et dense était tiré, comme il se doit.

Il le souleva légèrement pour que ses amis puissent passer de l'autre côté. Sur la scène où se jouerait ''les Robertini'', le comédien tira les pendillons pour accéder aux coulisses. Le machiniste terminait de placer le décor et toute une équipe se préparait à entrer sur scène. Fab amena les visiteurs dans sa loge d'artistes ou d'autres comédiens se maquillaient, s'aidaient à s'habiller sous l'œil aiguisé de la costumière. Des femmes marchaient seins nus sans aucune pudeur, saluant même les invités de Fab sans rougir. Cela amusa Hugo, mais ne le perturba pas. Fab se mit assis et termina son maquillage. Il fit des grands gestes pour caricaturer les quantités de poudres outrancières que le théâtre exigeait.

> — Il faut que depuis les balcons, les spectateurs voient nos visages donc je suis obligé de me dessiner une bouche immense, des yeux de cinq centimètres, vous voyez ! Et mes joues doivent être bien hautes et bien roses !

Il prit son gros pinceau et farda les joues d'Agathe.

> — Je te trouve un peu pâle !
> — Tu fais chier !
> — Chut… pas de gros mots devant le bébé ! dit Fab, toujours aussi taquin avec son ancienne colocataire.

Les comédiens devaient faire vite. Les spectateurs s'installaient et la représentation allait débuter. Le chorégraphe se rongeait les ongles, voyant sa troupe bien dissipée. Dans des coins de la loge, certains échauffaient leur voix. Il était temps de gagner les strapontins de la salle de spectacle.

— Au fait ! Cécile est au courant, je vous ai placé dans le carré d'or, rappelez-lui, on ne sait jamais !

Les quatre spectateurs dirent le mot approprié en chœur :

— Merde !

Cécile les plaça au meilleur endroit, au quatrième rang de l'orchestre, bien centré afin de distinguer chaque détail sans l'effet trop grossier du maquillage qu'offre le premier rang. Ils étaient suffisamment loin pour apprécier les costumes et les visages, mais assez près pour entendre chaque souffle, chaque soupir et lire chaque émotion.

Hugo prit en sandwich entre Sarah et Agathe dans ce décor si particulier, saisi par l'émotion de se trouver au beau milieu des deux personnes les plus importantes à ses yeux, une en train de lutter contre la mort et l'autre pas encore née, esquisse d'une toute nouvelle personnalité à chérir, sentit une vague d'amour poindre en lui.

Le brigadier frappa le plancher trois fois et le rideau s'ouvrit. Le fonds de scène représentait l'Italie des années

20. Fab, en haillons, apparut sur scène avec les autres comédiens jouant les enfants de la famille Robertini. Son fort accent italien donnait le ton. Ceux-ci, pauvres, sans le sou, mais dotés de talents pour le chant et la danse s'entraînaient sans relâche sous la direction de leur père, sévère, coriace, exigeant.

Le patriarche profita de la forte immigration d'entre deux guerres pour amener sa famille en France. Le décor changea alors, et les Parisiens de la salle retrouvèrent leur dame de fer, dans le lointain. Les amis de Fab passèrent par toutes les émotions. La comédie décrivant un contexte social bien particulier, rude avec un père autoritaire, mais qui offrit, par sa détermination, un avenir prometteur à ses enfants qui devinrent des vedettes des théâtres parisiens, toucha forcément Hugo qui se retrouva dans cette histoire, étant, lui aussi, né dans une famille modeste et non prédestiné, d'emblée, à devenir une célébrité.

Fab, loin de son humour potache, ne montra aucune faille dans sa voix ni dans ses pas de danse. Hugo était fier de lui et sa chanson en italien lui valut un petit rictus moqueur qu'il partagea avec Agathe, se rappelant tous deux de ces matinées et ces soirées qu'il passait à réviser l'italien. Et malgré tous ses efforts devant l'écran, appartement 34 de la rue Saint-Dominique, il dut apprendre la chanson de son spectacle phonétiquement.

Les deux heures de spectacle passées, ils regagnèrent la loge des artistes pour féliciter Fab et le reste de la troupe.

Sarah en profita pour dire à Agathe qu'elle souhaitait participer aux frais de ses besoins courants afin qu'elle ne manque de rien et que la grossesse se passe le mieux possible.

> — C'est aussi l'enfant d'Hugo et incontestablement, je tiens à lui…
> — C'est vraiment généreux, Sarah, j'ignore quoi dire…je…
> — Non, Agathe… ne cherche pas à me remercier comme si ma proposition était hypocrite et que je cherchais juste à distribuer mon argent… c'est naturel, pour moi. C'est sans conditions aucune.

Agathe, bien que surprise, ne vit pas la moindre intention de nuire de sa part. D'ailleurs, elle fut rassurée par sa proposition et se sentit épaulée.

Fab se démaquillait avec les autres comédiens. Hugo donna une accolade à son ami. Leurs mains se rejoignirent pour une poignée fraternelle et leurs regards exprimèrent le manque que la séparation allait occasionner. Fab n'ayant pas fini sa tournée, il ne se rétablirait pas de sitôt, dans le septième.

Devant l'illumination en rouge de la façade du théâtre de Paris, les amis reprirent chacun leur route. Sarah attrapa Hugo par la main pour une balade fraîche en ce mois d'octobre.

Elle voulait profiter encore de cette soirée. Infatigable, elle se dirigeait vers la butte Montmartre. Ils arpentèrent la rue Blanche jusqu'à sa place et se retrouvèrent devant le Moulin Rouge. Hugo fut de nouveau subjugué par la contiguïté entre la façade pittoresque du cabaret et l'enseigne Quick juste à côté. Hugo pensa qu'il n'y avait pas de frontière entre le Paris ancien et le Paris moderne. Tous les mélanges étaient possibles ici.

Le boulevard Clichy les mena jusqu'à la place Pigalle qui semblait plutôt déserte ce soir. Quelques femmes vêtues légèrement, dévoilant les parties du corps les plus convoitées, mais réchauffées par une fourrure beige leur couvrant les épaules, racolaient certains passants venus soulager leur solitude. Sarah serra bien la main d'Hugo pour leur montrer qu'il n'en faisait pas partie.

Elle l'emmena au square Jehan Rictus, place des Abbesses. Il était trop tard pour y pénétrer, les grilles étaient fermées. Un accordéoniste assis devant, réchauffait le cœur des Parisiens. Il jouait l'air *Sous le ciel de Paris*. Le romantisme de Paris n'avait rien de légendaire. Sarah et

Hugo s'arrêtèrent un instant et écoutèrent le son nostalgique de l'instrument.

— Tu vois, là-bas, en face, c'est le mur des « je t'aime », lui dit-elle.
— Dommage que ce soit fermé.

Sans un son supplémentaire, mais avec un jeu de regard exprimant l'amour tendre, ils se remirent en marche dans les rues étroites de Montmartre. Stationnés debout à la place du Tertre, Sarah expliqua à Hugo le quartier des peintres, la proximité du musée de Dalí exposant des œuvres surréalistes. Les cafés illuminaient les façades de couleurs chaleureuses qui se reflétaient sur les pavés des trottoirs. Les lampadaires en fer forgé, faisaient scintiller les étoiles dorées dans les yeux de Sarah. Hugo était captivé par le charme authentique de Montmartre. Ce village, au cœur de Paris, construit sur une butte et offrant une des meilleures vues sur la capitale, ressemblait fidèlement à l'image qu'il se faisait de la ville Lumière.

Elle le tira à nouveau par la main. Hugo, épuisé :

— Tu m'emmènes où encore ? Il est passé minuit ! Et va falloir faire le chemin inverse, je te rappelle !
— À ton avis ?
— Oui, j'ai deviné… C'est la grande tour, là ?
— La grande tour ? Sarah se mit à rire. Bon sang, c'est la basilique du Sacré-Cœur !

Arrivés au pied du monument, le tenant fermement, elle regarda vers le ciel et se blottit soudainement contre lui pour se protéger des caprices météorologiques. Une averse vint interrompre leur rendez-vous avec le lieu de pèlerinage. Hugo frappé par les cordes tombant sur son visage, revigoré, se mit à sourire tout en expulsant l'eau qui rentrait dans sa bouche. Pris de frénésie, c'est lui qui, cette fois-ci, saisit Sarah et cavala à grande foulée sans savoir où aller dans le labyrinthe de Montmartre. Il riait et hurlait, la face trempée, guidant Sarah, sans même connaître les rues principales et encore moins les recoins de la butte. Sarah braillait derrière et peinait à garder la main d'Hugo dans la sienne :

— Non, attends, c'est à droite, là !!!

Et Hugo, sillonnant à toute allure les ruelles, n'entendait que très peu les paroles de celle à qui il lâcha la main, sa voix étant atténuée par le bruit des battements de la pluie. Elle qui n'avait pas l'habitude qu'Hugo éclate de joie, riait à s'en verrouiller les mâchoires de le voir aussi libéré, tout en le suivant à grande enjambée.

Les escaliers fortement pentus, sorte de défis à relever pendant leur course, les rendirent attirants aux yeux des passants. Leur jeunesse et leur complicité ravirent un couple d'une soixantaine d'années, parapluie ouvert, couvrant leurs deux têtes coiffées d'un chapeau pendant leur promenade nocturne.

Hugo, complètement déluré, frôla le couple et manqua de faire tourbillonner les deux personnes aux articulations raides, chargées d'arthrite. Et pour justifier sa maladresse, mais sans s'excuser, il s'adressa aux passants sans pour autant stopper sa course effrénée :

— Messieurs-dames, voyez cette femme qui me poursuit ! La femme, là !... Derrière moi ! Je n'ai pas pu m'arrêter, voyez !!!

Sarah et Hugo, ne se voyant pas, n'avaient pas conscience de la beauté qu'ils dégageaient dans le décor montmartrois. Les deux spectateurs de la course folle, restèrent bouche bée devant la gaieté et la liberté qu'ils leur offraient. Ils s'arrêtèrent jusqu'à voir disparaître les jeunes gens courant dans la brume qui se mêlait à l'averse.

Hugo se retournait quelquefois pour vérifier que Sarah suivait toujours la cadence. La butte descendue, il s'arrêta en apercevant au loin la façade lumineuse du Moulin Rouge.

— Ça y est, dit-il essoufflé, on y est !

Sarah, le rejoignit en marchant tout en reprenant sa respiration.

— Tu es complètement fou, en fait ? constata-t-elle en rigolant, le thorax plié vers l'avant, la main sur le cœur essayant de retrouver un rythme cardiaque normal.

Hugo la regarda avec intensité. Il était fier de lui. Inconsciemment, il voulait qu'elle se sente vivante. La pluie qui s'imposa au pied de la basilique n'était pas hasardeuse, selon lui. Elle fut le starter d'un moment spontané qui ne dura, au final, que quelques minutes, mais qui, par la force de son audace, fabriqua à Sarah un de ses meilleurs souvenirs.

Trempés, mais rechargés par l'énergie des éléments naturels, Sarah reprit le contrôle et serra la main d'Hugo pour l'emmener dans la discothèque du Moulin Rouge : La Machine !

— Chiche ? exprima-t-elle, en le hissant vers la façade ardente.

Sarah et Hugo en jean, les cheveux ruisselants, furent acceptés dans le club de nuit grâce à leur notoriété. Des fêtards osèrent saluer le couple comme s'ils les connaissaient depuis toujours. Les deux amoureux s'installèrent au bar et commencèrent par une bière. Puis, la foule s'intéressant à eux, voulut avoir le privilège de trinquer avec une des femmes les plus riches de Paris et son mannequin vedette. Une file d'attente s'installa naturellement pour savourer un instant d'intimité avec le jeune couple. Les *shots* de vodka s'enchaînèrent pour Sarah et Hugo, qui prirent le temps de trinquer avec chacun d'eux. Comme à une séance d'autographe, un groupe de gens s'agglutina autour d'eux et une organisation improvisée se mis en place. Certains demandèrent un selfie, d'autres vantèrent les produits de VENUS COSMETIC comme étant les meilleurs. Une jeune femme blonde, en débardeur blanc tricoté, provocante et impertinente, perturba la quiétude du couple :

> — C'est vrai que vous avez engagé Hugo pour qu'il prenne les rênes ? C'est ce qui se dit ici. Et j'entends aussi que vous ne voulez plus jouer les mannequins, Hugo ?

La jeune femme, avec son sourire narquois et sa curiosité malsaine agaça les vedettes de la soirée. Sarah la remercia de s'intéresser tant à eux et demanda au suivant de s'approcher, l'obligeant à reprendre le cours de sa soirée.

— Pétasse ! exprima Sarah, en sourdine.

Hugo trouva étonnant que cette femme balance cela. Son souhait d'arrêter le mannequinat n'avait été évoqué qu'en présence de Tony lors de leur altercation.

La nuit se poursuivit. La séance d'autographes terminée, Sarah et Hugo dansaient sans même se regarder. Les yeux révulsés au son de la musique électronique que le DJ proposait ce soir : *Wake up* de *MoonDeity* mit l'assistance en transe. Les bras alternant leurs mouvements du haut vers le bas, du bas vers le haut, mimaient une paire de ciseaux découpant les faisceaux lumineux des spots à LED et de la méga lampe disco disposée au centre de la piste. Certaines femmes cherchaient à se frotter contre Hugo. Ivre, il ne s'en rendait pas compte et ses gestes non contrôlés ne permettaient pas aux fêtardes de s'accaparer du mannequin. Sans réellement l'avoir réfléchi, il s'arracha des pots de colle autour de lui pour s'éloigner de la foule, un moment. Il s'effondra sur un tabouret et coucha sa tête sur le bar. Les yeux, essayant de voir ses voisins de comptoir, il reconnut la femme blonde au tricot blanc.

— T'es une espèce de pétasse, alors !

Il dit cela sans mesurer la portée de sa voix. Celle-ci le regarda.

— Tu m'as parlé ?
— Non, car t'es une salope !

Il ne savait même pas pour quelle raison il l'insultait. Il savait qu'elle le méritait, en tout cas. Voyant que la cliente du bar prit un air révolté, il se leva tel un ivrogne, il bascula en arrière et se rattrapa par la seule force de son gainage encore fonctionnel par son jeune âge. Sarah, qui avait su arrêter les *shots* à temps, ne vit plus Hugo sur la piste. Elle regarda tout autour, la foule dansait, ça sentait la sueur, les haleines alcoolisées atteignaient son sens olfactif. Elle aperçut Hugo, au bar, qui semblait parler seul, tenant une posture verticale approximative. Très vite, des hommes entourant la femme blonde s'approchèrent de lui, l'empoignant par le col de son blazer chiffonné par la pluie de Montmartre. Sarah se hâta pour intervenir, devinant l'incapacité d'Hugo à répondre aux agressions de la bande. Elle héla des gros bras avec qui elle avait interagi lors de son arrivée à La Machine du Moulin Rouge. Toujours prêts à défendre les jeunes femmes en détresse et spécialement celle-là, ils séparèrent les querelleurs d'un Hugo, mis KO par une grosse brute le poing en sang. Sarah le récupéra alors qu'il s'effondrait au sol. Le visage ensanglanté, anesthésié par la vodka, il ne se plaignit d'aucune douleur. Il balbutia des mots vagues.

— T'avais raison, c'est une pétasse, l'autre salope, là…

Du sang sortait de sa bouche et Sarah sut qu'ils ne pourraient pas rester là tant que la femme blonde serait à proximité. Elle l'aida à se relever et elle le tira vers l'extérieur, aidée par ses alliés aux gros biceps. Le temps était redevenu clément. Il peinait à se déplacer. Sarah lui appliqua un mouchoir sur son nez.

La femme blonde et sa bande passèrent devant eux. Les deux groupes rivaux, pour le temps d'une soirée, s'envoyèrent des éclairs du regard. La provocatrice au débardeur en tricot blanc s'enorgueillit :

— Vous parlerez de moi à Tony, je suis Estelle.

Sarah la regarda avec mépris. Elle remercia ses gardes du corps d'un soir et amena Hugo vers la bouche de métro en face. Ils descendirent l'escalier de la station Blanche et elle l'installa sur un des petits sièges orange, commun dans les couloirs de métro. Il se pencha au ralenti sur les autres assises. Sarah souleva sa tête pour se libérer une place. Elle s'assit et reposa le haut du corps d'Hugo sur ses jambes. Les yeux de Sarah se fermaient tranquillement.

La foule du petit matin réveilla Sarah et Hugo. Il était 5 h 30 et ils s'étaient assoupis. Des pièces de 1 et de 2 centimes, entouraient les pieds de Sarah. La face d'Hugo était couverte de sang séché ce qui le rendait méconnaissable. Il déplia sa nuque, roula sa tête vers le visage de Sarah. Il la regarda. Encore imbibé d'alcool, il lui glissa une phrase nasillarde et furtive :

— Je ne veux pas que tu meures.

Sarah plongea ses yeux dans les siens. Le rouge de son visage contrastait avec le bleu de ses iris. L'image était belle et douloureuse à la fois. Toujours préoccupée par son travail, elle espéra secrètement qu'il n'eut pas le nez cassé pour ses futures photos. Elle répondit à la réflexion d'Hugo.

— Tu sais, cela fait plus d'un an que je le sais et que je l'attends.
— Que tu attends quoi ?
— La mort.

Hugo se redressa, laissant les jambes endolories de Sarah, libres. Il mâcha la pâte emmagasinée dans sa bouche.

— Moi, je veux que tu restes en vie.
— Tu viens de l'apprendre et tu es choqué, je le comprends. Mais au fond, c'est quoi la mort ? Tout le monde y passe, toute chose a une fin. Les gens voudraient mourir le plus vieux possible, dans leur sommeil et sans souffrance, mais ça n'arrive quasiment jamais ça ! À moins, peut-être, d'être drogué !
— Mais savoir que tu es condamnée doit être affreux ?
— Je m'y suis faite. J'ai beaucoup lu, tu sais. Je me suis intéressé aux différentes cultures, à la philosophie et même à la religion. Je me suis retrouvée dans le bouddhisme même si je ne pratique pas, je me suis raccrochée à ça. Tu sais qu'ils croient en la réincarnation ? Peut-être me

retrouveras-tu sous une autre forme… Nous avons soif de spiritualité, nous, les humains.

— N'empêche que tu vas disparaître si on en croit tes médecins.

— Disparaître physiquement, oui, c'est sûr. C'est sûrement cliché, mais on reste dans le cœur des gens. Moi, ce sont mes journées qui vont s'arrêter, c'est tout. J'aurai vécu des moments magiques avec toi et je n'aurai pas de regrets. Tant que tu seras vivant, tu me maintiendras en vie, avec toi. Et quand tu disparaîtras, c'est à ce moment précis que je n'existerai plus. Toi, tu vivras encore dans les yeux de ton enfant.

Hugo, tellement fasciné par la sagesse de Sarah ne sut quoi répondre et essaya de ne pas ressentir de tristesse. Sa force était contagieuse et contraignait Hugo, à garder le contrôle.

— Je veux que tu vives encore plein de moments uniques avec moi.

— Cette nuit a été spectaculaire, tu sais ! J'ai lâché prise comme jamais.

— J'ai fait des bêtises dans la discothèque ?

— Oui et c'est bien dommage pour ton visage.

Elle ressortit un mouchoir, l'humidifia avec sa salive et lui passa sur les joues et sous son nez.

— Cette fille bizarre fréquente Tony apparemment !

— C'est pour ça qu'elle parlait de nous comme si elle nous connaissait ?

— Alors ça voudrait dire que tu ne veux plus être l'égérie de Mars Attractive ?

— Euh… et ça signifierait que tu veux que je reprenne ton entreprise ?

Sarah, pudique et dévoilant peu ses envies, exprima le visage d'une enfant et baissa la tête. Il reconnut les portraits d'elle dans l'entrée de sa maison. Vertueux tous les deux, ne cherchant pas à se gêner mutuellement, ils se turent et regardèrent les Parisiens crispés rentrer dans la rame de métro pour leur trajet quotidien qui les menait au travail. Hugo, tout en regardant leurs tenues rapidement enfilées, leurs lacets même pas faits, leurs cheveux broussailleux, repensa à la conversation qu'il venait d'avoir avec Sarah.

Les gens vont et viennent. Ils se rendent au travail, à l'aube, et un jour, ils meurent et ça s'arrête. Seules les personnes les plus proches ressentent la douleur de la perte. Pour le reste du monde, ça n'a aucun impact. La vie continue. Des bébés naissent indéfiniment et contribuent au schéma d'un cycle de vie perpétuel, remplaçant les disparus, mais voués aux mêmes peines et aux mêmes joies, inlassablement...

Sarah et Hugo quittèrent la station Blanche et regagnèrent le septième arrondissement, à moto. Ce jour-là, ils passèrent leur journée rue Saint-Dominique dans les draps de soie de la maison de Sarah. Le visage quelque peu amoché, Hugo prit le temps de se reposer et Sarah vérifia la solidité de son nez. Elle fut rassurée de voir qu'il n'était pas cassé. Malgré ses doutes depuis les allégations d'Estelle, elle ne savait pas encore que la beauté du nez de son égérie ne présenterait plus grande importance à présent.

Hugo ne plaisantait pas lors de sa querelle avec Tony : il avait effectivement décidé d'arrêter de jouer les mannequins. Faire la une des magazines à scandale l'avait dégoûté.

Chapitre 11

Trois semaines plus tard, à midi, chez VENUS COSMETIC.

Hugo, assis sur une chaise du réfectoire de l'entreprise, était observé comme une star par un petit groupe de stagiaires qui déjeunait non loin. Les apprentis le regardaient à travers le brise-vue qui séparait les gens qui mangeaient en parlant de tout et de rien, des gens qui mangeaient en exerçant leur autorité. Hugo Legrand, 24 ans depuis deux jours, pouvait se vanter d'être un des plus jeunes décisionnaires de l'entreprise. La pancarte ''Ici, on se nourrit l'esprit'', au-dessus de sa tête, ondulait légèrement par une bouche d'aération problématique qui soufflait, de toute évidence, trop fort.

Sarah, en bout de table, à ses côtés, notait ce qu'il disait. Il était question de la crème antirides à l'huile essentielle d'immortelle. Les tests internes se montraient concluants et Hugo exigeait que d'autres essais soient réalisés dans des laboratoires indépendants.

— Nous n'avons pas l'habitude de fonctionner comme
ça, mais je note ton idée, dit Sarah d'une voix
douce, impressionnée par l'intérêt qu'il y mettait.

— Ça va coûter un paquet de fric, rétorquait un
directeur commercial.

— C'est un investissement. Le client sera doublement
rassuré. Faire des tests en interne, c'est super, certes,
mais on donne les conclusions qu'on veut… et c'est
comme ça que pense le consommateur. Les Français
sont méfiants et ont besoin qu'on leur donne
l'assurance d'un produit de qualité.

Les autres gros bonnets de l'entreprise attablés autour
d'Hugo se frottaient le menton et la plupart émettaient un
« oui » d'un mouvement de tête.

Hugo avait avoué à Sarah son désir d'arrêter le
mannequinat et de s'investir davantage dans son rôle de
bras droit. Elle fut d'abord chagrinée par sa décision, mais
elle ne pouvait pas l'obliger à poursuivre sa carrière
d'égérie si cette activité ne le satisfaisait pas pleinement.

Elle se rendit vite compte qu'avoir abandonné son
travail de modèle l'éleva davantage et son implication se
remarqua au sein de l'entreprise. Il était, à présent,
réellement considéré comme une tête pensante à part
entière et non comme le beau gosse de service, qui
chercherait à montrer ce qu'il a dans la cafetière. Bien

qu'il ait choisi d'arrêter le mannequinat, Sarah lui versa le reste de la totalité de la somme promise pour 6 mois de travail, en tant qu'égérie. Les clichés pour Noël avaient déjà été travaillés et Hugo acceptait qu'ils soient diffusés, afin de ne pas obliger Sarah à trouver un autre mannequin à seulement quelques semaines de l'événement.

Le déjeuner terminé, l'idée d'Hugo semblait en bonne voie. Le couple de dirigeants passa voir Tony. Durant ces trois semaines, il s'excusa pour le comportement de sa petite amie Estelle à La Machine du Moulin Rouge. D'ailleurs ce n'était pas vraiment sa petite amie, mais plutôt une de ses conquêtes régulières. Il en avait au moins une dans chaque arrondissement de Paris. Sarah et Hugo lui pardonnèrent de mal choisir ses confidentes, mais les diffamations d'Estelle restèrent taboues au sein du couple. Hugo ayant percé le mystère de son choix de stopper sa fonction d'égérie, l'histoire de la passation des pouvoirs de VENUS COSMETIC en sa faveur n'avait pas été soulevée.

Dans le bureau du cousin de Sarah, pendant qu'Hugo se faisait couler un café sur le meuble rempli de dossiers, Tony murmura à sa cousine :

— Tes symptômes ? Qu'est-ce que ça dit ?

Le bruit sourd de la machine instantanée, permis à Sarah de répondre sans qu'Hugo n'entende.

— Ça devient difficile… Je cherche mes mots, parfois. J'ai la tête qui tourne du matin au soir et plus beaucoup d'appétit, ça ne passe plus. Heureusement, les médocs m'aident à rendre cela supportable.

— Hum…

La machine à café ayant rempli la tasse cessa son vrombissement et stoppa la conversation entre les cousins. Hugo but son expresso d'un trait et regarda aussitôt sa montre.

— Il faut qu'on y aille !

— Oui, allons-y.

Le couple sorti de l'entreprise. Sarah délaissa quelque peu sa moto, craignant un déséquilibre en pleine conduite. Les symptômes de sa maladie avaient gagné du terrain et elle dut se résoudre à modifier ses habitudes. C'est sur les trottinettes électriques qu'ils investirent les voies de Paris. Ils passèrent dans la rue Saint-Dominique et au bout d'un kilomètre de trajet, scrutant les façades, ils s'arrêtèrent à hauteur d'une plaque dorée fixée sur le mur d'un immeuble de l'avenue de la Motte-Picquet. Fab se tenait devant la porte et semblait attendre ses amis.

— T'es venu aussi ? dit Hugo en s'approchant de son ancien colocataire.

— Je ne pouvais pas louper ça !

Ils se serrèrent la main, puissamment heureux de se retrouver. Sarah, bien qu'absente dans l'appartement 34 lors des débuts parisiens d'Hugo, faisait aussi partie de la bande et Fab l'accueillit chaleureusement également.

Ils étaient en retard et frappèrent à la porte du praticien. Fab, les coudées franches n'eut pas de mal à s'imposer :

— C'est nous, on peut entrer ?

Il s'exprimait comme un gamin et finissait ses phrases par un son plus aigu comme un enfant terminant de compter pendant une partie de cache-cache et qui annoncerait sa venue « caché ou pas caché, j'arrive ! »

Ils entendirent une voix venant du cabinet dire :

— Oui, entrez !

Fab ouvrit la porte et ils découvrirent Agathe, allongée sur la table médicale de l'obstétricien. Le ventre découvert, l'échographie du premier trimestre commençait. Ils avaient tous souhaité y assister. Ils trouvèrent un coin où s'asseoir : un rebord de fenêtre pour Fab, un tabouret au tissu marron déchiré pour Hugo et Sarah se plaça à la hauteur du visage d'Agathe pour lui envoyer des ondes positives. Elle tenait à ce bébé.

L'obstétricien pressa sur le flacon contenant le gel de contact et il le fit couler comme du liquide vaisselle que l'on met en abondance dans un plat encrassé. Puis il saisit la sonde et appuya fermement sur le ventre d'Agathe. Celle-ci, surprise, se crispa et attrapa le papier déroulé sous elle. Sarah lui prit la main.

Fab et Hugo, ne comprenant rien à l'obstétrique, attendirent la bouche ouverte et le dos voûté, passivement. Puis, un bruit ressemblant à celui d'une locomotive se mit en marche. Un son régulier semblant venir de loin, mais émettant un nombre suffisant de décibels pour stimuler les deux amorphes.

— C'est le cœur ? lança Fab, excité !
— Oui, on l'entend très bien et il est régulier, c'est parfait, dit le professionnel.

La mine d'Hugo s'illumina et une petite larme s'échappa du coin externe de son œil droit. Agathe le regarda, émue. Sarah, de son côté, fixait l'écran et pensait à sa maman, qui avait vécu le même moment 33 ans en arrière. Elle devina l'émotion de celle qui lui avait donné la vie en entendant son petit cœur battre pour la première fois lors du premier examen où l'obstétricien cherche, à l'aide de son matériel médical pointu, la démonstration de la vie.

Ce battement de cœur aurait eu le pouvoir d'attendrir une armée complète prête à combattre. C'était l'essence même de l'existence qui côtoyait, dans ce petit cabinet, les histoires de chacun, le chagrin, le bonheur, les épreuves courantes du destin et l'ultime épreuve de Sarah dont elle devait faire face. Les deux extrêmes étaient réunis, aujourd'hui, avenue de la Motte-Picquet.

Puis, la consultation continua avec des mesures de part et d'autre, de l'esquisse du petit être humain aux dimensions minimes.

Les deux garçons plissèrent leurs yeux et penchèrent leurs têtes pour chercher le sens du bébé et quelle partie de son corps pouvait bien être représentée à l'écran.

— La clarté nucale est bonne, marmonna l'obstétricien en tournant la sonde dans tous les sens.

Hugo et Fab se regardèrent, dubitatifs. Fab leva son pouce afin de valider les dires du médecin sans avoir compris un traître mot de son jargon médical.

En résumé : tout allait bien. C'est comme cela que l'obstétricien estima la suite de la grossesse.

Avant de partir chacun de son côté, Sarah glissa un chèque dans le manteau d'Agathe. Comme elle lui avait signifié lors de la représentation théâtrale de Fab, elle comptait participer aux frais. La jeune femme enceinte accepta. La démarche de Sarah était sincère et sans contrepartie.

Sarah toucha longuement le ventre d'Agathe. L'ex petite amie d'Hugo sentit un frisson l'envahir sous les caresses tendres et maternelles de Sarah. Les deux jeunes femmes se regardèrent. Le visage ému de Sarah suffit à faire comprendre à Agathe que Sarah tenait à cet enfant. Sans se parler, elles s'exprimèrent de leurs yeux ronds et humides comme si une charge mystique s'était soudainement abattue avenue de la Motte-Picquet.

Juste à côté, Fab et Hugo, témoins de ce moment suspendu, ne dirent plus mots et furent, eux aussi, saisis par le caractère éthéré et céleste émanant de leur connexion si singulière. Le halo qu'elles dégageaient, dans la rue morne et matérielle, Fab et Hugo pouvaient le distinguer et cette chaleur réchauffa leurs corps jusque dans leurs tripes.

Puis, les deux femmes s'éloignèrent physiquement sans qu'elles ne se quittent du regard. Hugo profita de cette bombe émotionnelle générale pour demander à Sarah d'attendre quelques secondes avant d'investir sa trottinette.

Agathe et Fab, habitués à la vie régie par le temps, le stress, les impératifs reprirent le cours de leur journée normale avec, en bonus, un soupçon de plénitude gardant leurs cœurs légers et apaisés. Ils repartirent ensemble. Sarah et Hugo les virent s'effacer au carrefour qui rattrapait le boulevard de la Tour-Maubourg.

Se retrouvant seul avec Sarah, Hugo se plaça face à elle.

— Écoute, ne m'en veux pas, j'ai fait une folie !
— Comment ça ?

Hugo fouilla dans la poche de sa veste intérieure.

— Ferme les yeux, lui demanda-t-il devant la plaque dorée de l'obstétricien.
— Quoi ? Mais qu'est-ce que tu me fais ?
— Allez ! Fais ce que je te dis !

Elle exécuta. Ses paupières supérieures couvrirent ses beaux yeux aux pépites d'or. Elle souriait et s'impatientait.

— Alors !
— Vas-y, ouvre !

Elle ouvrit ses yeux en grand et elle vit dans les mains d'Hugo ce qui ressemblait à des billets d'avion.

— Tu nous as programmé un voyage ?
— Oui et pas n'importe où ! Regarde !

Il lui tendit les billets et elle lut '' Mongolie : voyage spirituel auprès des nomades''.

— Quoi ? Elle s'exalta en tenant bien à la hauteur de ses yeux les billets d'avion comme s'il s'agissait d'un jeu de cartes. Mais t'es incroyable, tu n'aurais pas pu me faire plus plaisir !

Elle tendit ses bras pour enlacer Hugo. Lui, ravi de la rendre heureuse, se mit à rire d'étonnement, de joie, il ne pensait pas la toucher autant par sa surprise.

Le voyage était prévu pour Noël et les températures pourraient descendre jusqu'à moins trente degrés. Sarah et Hugo profitèrent de se faire une toute nouvelle garde robe. Des sous-vêtements thermiques couvrant les membres, des pantalons en maille épaisse, des doudounes chauffantes, remplirent les cabas des deux voyageurs. Sarah commanda également des chapkas marron clair à fourrure, qu'Hugo s'empressait de porter…

Sarah profita des boutiques pour encourager Hugo à renouveler ses tenues du quotidien. Tel *Julia Roberts* dans *Pretty Woman,* version masculine, il essaya toutes sortes de vêtements. Des costumes trop vieillots aux jeans troués de luxe, tout lui allait. Le défilé plut à Sarah et elle bénéficia du dernier mot quant au choix des tenues. En véritable homme d'affaires, il partit avec plusieurs costumes raffinés aux matières nobles alliant élégance, classe et décontraction. Les tissus étaient coupés de telle sorte que, bien que l'allure guindait forcément la personne qui la portait, le confort et la fluidité, partie intégrante du travail des créateurs, rendait le port de ces tenues luxueuses aériennes et rendait les mouvements de celui qui les portait aussi agréables qu'un survêtement.

Pendant la préparation du voyage, Céline Legrand avait souhaité que Sarah et son fils viennent pour Noël. C'est lors de cette conversation téléphonique qu'Hugo expliqua à sa mère que sa petite amie était condamnée.

— Quoi ? Mais c'est impossible !

Elle eut, naturellement, la même réaction que son fils. Ce fut un drame pour ses parents. Son petit frère Maxime, pris par ses études, n'avait pas encore eu l'honneur de rencontrer la femme d'affaires, mais ressenti néanmoins la douleur de son frère. Hugo leur fit part également, de son évolution au sein de VENUS COSMETIC.

— J'assiste Sarah et parfois je décide à sa place. Elle me fait confiance et m'encourage. Je connais les rouages de l'entreprise, à présent.
— Tu possèdes des talents insoupçonnés. Il n'y avait qu'à Paris que tu pouvais t'élever ainsi, avoua sa mère.
— C'est grâce à Sarah.

Il en profita également pour annoncer la grossesse d'Agathe. Céline, ne pouvant diriger la vie de son fils à distance, essaya de prendre l'arrivée de cet enfant comme une bonne nouvelle bien que ça l'inquiéta. La distance géographique et l'émancipation qu'il osa prendre en quittant la maison familiale à Vienne ne lui permettaient plus de s'opposer aux décisions qu'il prenait maintenant, à Paris.

Elle se dit simplement que si elle avait été près de lui, il ne serait sûrement pas sur le point d'être papa. Mais, au fond, s'il était resté à Vienne, serait-il devenu le bras droit d'une des plus grosses fortunes de Paris ?

Elle se rassura donc en se disant qu'Hugo gagnait bien sa vie et qu'au moins, cet enfant ne manquerait de rien. Son travail, finalement, le rendait crédible aux yeux de Céline. Bien qu'elle trouve sa vie privée chaotique, il s'en sortirait financièrement et cette aisance pécuniaire était capable d'apaiser n'importe quelle mère.

Les jours suivants furent doux pour Sarah et Hugo. Le froid enferma les Parisiens dans leurs appartements. Les rues s'en trouvaient plus calmes. Hugo découvrait l'hiver à Paris pour la première fois.

Le 20 décembre 2022, veille du départ pour la Mongolie.

Sarah, installée dans son bureau, à la maison, son stylo bille Montblanc coincé dans sa main droite effleurait une feuille blanche format A4. Son téléphone sonna. Elle colla l'appareil à son oreille et elle apprit que les tests pour la crème anticerne à l'huile d'hélychrise italienne allaient pouvoir être réalisés dans des laboratoires indépendants. Hugo préparait minutieusement sa valise quand il entendit Sarah s'approcher de lui. Elle venait lui annoncer la bonne nouvelle.

— Hugo ! C'est bon p…

Elle n'arrivait pas à terminer sa phrase et bloqua longuement sur la lettre « p ». De la frayeur se dégageait de ses yeux. Hugo, posa ses pullovers en polaire dans sa valise et s'élança vers elle. Il prit son visage entre ses mains et capta son regard décontenancé.

— Hé ! Sarah ? Ça va ?

Il la fit s'asseoir sur le lit. Elle le regarda et mima son impossibilité à continuer de s'exprimer.

— Faut-il que j'appelle une ambulance ? Écris-moi ce que je dois faire, euh… attends !

Hugo était perdu. Sarah paraissait normale, mis à part qu'elle soit devenue soudainement mutique.

Il alla chercher un papier et un crayon au rez-de-chaussée. De retour dans la chambre, il trouva Sarah occupée à ranger les affaires restantes posées sur le lit. Elle lui fit un grand sourire.

— Ça y est, j'ai retrouvé la parole !

Hugo, déstabilisé, son papier et son crayon à la main, s'inquiéta pour elle.

— C'était quoi, ça ?
— Ne t'inquiète pas, ce n'est pas la première fois. C'est normal.
— Normal ?
— Oui, pour une fille qui a une tumeur au cerveau au dernier stade !

Hugo n'aurait pas apprécié la remarque s'il ne connaissait pas tant Sarah. Malgré ce symptôme handicapant, son humour décapant les empêchait de s'enliser dans la tristesse et l'effroi. Hugo n'en demeurait pas moins inquiet :

— On ne va pas pouvoir partir demain, c'est trop risqué !

— Alors là ! Dans tes rêves ! Je pars toute seule, s'il le
  faut !
— Non, certainement pas !

Ils continuèrent, comme s'il ne s'était rien passé, à
ranger la valise d'Hugo.

Le soir, Hugo prépara des tartines salées légères garnies
de magret de canard séché et de chèvre chaud. Sarah ne
mangea pas.

— Tu ne manges presque plus. Tu as encore maigri j'ai
  l'impression.
— Je me réserve pour les spécialités mongoles !

Sarah devait s'armer de réponses toutes faites pour
éviter d'avoir à se justifier sans cesse sur sa maladie, qui
ne faisait que progresser. Hugo l'avait compris. Il voyait
bien qu'elle ne s'alimentait presque plus ces derniers jours.

Il avait pu sentir ses os lors des rapports charnels et
avait évité d'aborder le sujet.

Le fait qu'elle refuse de manger alors qu'ils étaient à
table lui donnait l'occasion de l'interroger sur son état de
santé.

Ne voulant pas que sa maladie devienne le sujet de tous
les instants, elle fit en sorte, ces derniers temps, de

s'évincer aux heures des repas. Cela lui permit de passer des journées normales sans avoir à s'expliquer.

Chapitre 12

Le lendemain matin, jour de départ.

Sarah, en pleine forme, ingéra plusieurs comprimés à l'ombre d'Hugo dans la cuisine. Elle toussa longuement. Elle avalait souvent de travers. Ses lésions cérébrales affectaient les muscles de sa gorge et rendaient difficile la déglutition. Hugo farfouillait partout et retourna sa valise à la recherche de ses gants en polaire.

> — Il est hors de question que je parte sans gants ! Ça va cailler !

Sarah le regardait, divertie. Elle ne s'en faisait pas autant que lui.

Tony se pointa chez eux. Il gara son ''piège à filles'' comme il l'appelait devant la maison de Sarah. C'était lui qui les emmenait à l'aéroport Charles de Gaulle à Roissy. Hugo, un peu paniqué à l'idée de partir sans sa paire de gants, bourra ses vêtements dans sa valise en bougonnant. Lui qui avait pris le temps de les plier correctement la veille, se retrouvait, avant même de partir, avec un bagage complètement désordonné.

Chargés comme des mulets sur le trottoir de la rue Saint-Dominique, ils posèrent leurs bagages sur le macadam. Tony faisait le beau en ouvrant le coffre de sa superbe allemande tout juste nettoyée, reflétant sur la carrosserie ses futurs occupants comme dans un miroir. Il força les mouvements naturels de ses muscles lors de ses déplacements d'un bout à l'autre de la voiture et balaya des yeux rapidement la rue pour contrôler si une femme s'extasiait devant autant de virilité et d'assurance. Il fut déçu de constater qu'il roulait les mécaniques pour rien. La rue était déserte.

Sur le trajet, étant trois têtes pensantes de VENUS COSMETIC, ils discutèrent affaires. Sarah redoutait de s'éloigner de son entreprise à une période aussi importante que Noël. Elle briffa son cousin de long en large. Les clichés d'Hugo photographiés en septembre et prévus pour la fête de la nativité étaient prêts à être diffusés dans la France entière pour susciter l'intérêt des Français.

Arrivés à l'aéroport, Tony dit au revoir à sa cousine. Elle lui murmura des mots à l'oreille. Ils se regardèrent comme deux enfants, avec un regard juvénile. Ils avaient grandi ensemble, tout partagé et ils gardaient ce lien indéfectible de l'amour fraternel.

Hugo et Sarah montèrent à bord de l'avion qui les mènerait à Séoul en Corée du sud. La Mongolie ne proposant pas de vol direct, une escale était prévue. Le trajet complet durerait deux jours. Hugo avait bien conscience que cela pourrait épuiser Sarah, mais dès l'instant qu'elle reçut les billets d'avion, elle ne put imaginer un seul instant l'annuler. Du temps, elle n'en avait plus. C'était maintenant ou jamais.

Dans l'avion, ils profitèrent de regarder des vieux films. Le vol était très long et ils peinaient à rester concentrés sur l'écran. Assis l'un à côté de l'autre : Sarah côté hublot, scrutant le ciel et Hugo côté couloir, le teint blafard, la peau moite, souffrit du décollage. Il n'avait pas de passion pour les manèges à sensations.

— Regarde les nuages, Hugo ! Je donnerais n'importe quoi pour m'allonger dans un hamac aussi cotonneux ! Pas toi ?

Elle se retourna pour voir sa réaction. Sarah ravala son sourire en voyant Hugo, les joues gonflées, s'empressant de défaire sa ceinture pour aller aux toilettes. L'hôtesse de l'air, inquiétée par sa pâleur et sa marche soutenue, le suivit.

— Tout va bien, monsieur ?

Elle entendit les sons caractéristiques, qu'émet un humain en train de vomir. Hugo ressortit, toujours nauséeux, mais débarrassé du contenu de son estomac.

— Euh, merci, dit-il à la jeune hôtesse qui attendait derrière la porte, je vais mieux.

Ils virent la nuit, arriver. Ce fut long, très long. L'impossibilité de tendre ses jambes et de se retourner comme dans un vrai lit rendit la nuit inconfortable. Et le ciel noir ne dura que très peu de temps. Ils se retrouvaient à l'opposé de la France qui elle, était, à l'heure-là, baignée dans un noir profond.

Ils atterrirent à l'aéroport de Séoul et ce fut encore un moment désagréable pour lui. Ils attendirent quelques heures, le temps qu'Hugo se remette du vol et se prépare pour le deuxième. Sarah lui donna des antiémétiques qu'elle gardait dans son bagage à main. Comme elle avait l'habitude de prendre l'avion, elle trouva tout de suite la correspondance. Prochaine destination, la capitale de la Mongolie : Oulan-Bator !

Dans le deuxième avion qui les faisait quitter Séoul, Hugo s'endormit presque instantanément ne laissant pas de place à des éventuels problèmes de transport. Sarah l'imita et ils se retrouvèrent tête contre tête, la bouche ouverte, épuisés par leurs deux derniers jours sans sommeil. Le décollage ne le perturba même pas. Pris dans un profond sommeil, il ne vit rien du vol de 3 h 50.

À leur réveil, ils n'avaient aucune idée de l'heure qui pouvait être et ils ne surent pas dire immédiatement si, à la sortie, ils seraient éblouis par le soleil ou si les étoiles et la lune parsèmeraient un ciel d'encre. Ils avaient émergé progressivement par le son brouillé de la voix du pilote et par les bousculades des passagers, dans le couloir. Les yeux collés et intolérables à la lumière, ils se regardèrent, se sourirent et comme s'ils avaient été battus, leurs muscles mirent du temps à retrouver leur fluidité de mouvement. Ils virent la lumière du jour par le hublot. Ça y était ! Ils allaient faire connaissance avec leur guide, Catherine, et partir à la rencontre des nomades de Mongolie. Hugo, revigoré d'avoir dormi, sortit le dépliant que lui avait fourni l'agence de voyage.

— Normalement, Catherine nous attend. C'est notre interprète et guide à la fois.
— Et on sait à quoi elle ressemble, Catherine ?

Les bagages sortants de soute, Hugo scrutait le magnifique aéroport moderne.

— Euh, je crois qu'elle a les cheveux courts et foncés et une grosse doudoune de dix kilos !

Catherine tenait une pancarte marquée " Sarah et Hugo''. Ils s'avancèrent vers elle et firent connaissance. Catherine était guide depuis une dizaine d'années. C'était suite à un voyage en Mongolie qu'elle tomba amoureuse de ce pays et décida de s'y installer. Elle vivait à la capitale, là où habitait la majorité de la population mongole. Elle les dirigea vers leur chauffeur et ils partirent installer leurs affaires dans la chambre d'un hôtel luxueux à proximité. Les deux vacanciers posaient leurs vêtements thermiques sortis fraîchement de leurs valises sur le grand lit du complexe hôtelier.

— Je n'ai pas l'impression d'être en Mongolie, confia Sarah à Hugo. C'est tellement moderne, c'est dingue !
— Bon, pour le froid, on sait qu'on y est… grelota Hugo en pliant ses vêtements dans sa valise et dénichant une épaisse doudoune. Je vais me prendre cette espèce de couette à manches.

Il tourna le vêtement chaud dans tous les sens se demandant s'il ressemblerait encore à un humain vêtu d'une doudoune aussi épaisse.

Catherine frappa à leur porte pour commencer une visite brève de la capitale. Il enfila donc la doudoune, craignant davantage le froid plutôt que son image d'homme élégant et sexy.

Les embouteillages, les piétons qui ne regardent pas où ils vont et les feux rouges grillés, le trafic ressemblait à celui de Paris.

Ils se retrouvèrent sur la place Gengis Khan où ils découvrirent le parlement avec, sur sa devanture, une statue représentant le souverain universel. Les habitants portaient des deels très colorés, vêtements traditionnels mongols en soie doublés d'une peau de mouton et resserrés à la taille par une ceinture satinée. Certaines personnes, cependant, étaient vêtues de façon plus moderne. Tous couverts d'un chapeau traditionnel ou d'une chapka, les chevelures se dissimulaient sous les épaisses coiffes en laine.

Le chauffeur les mena ensuite au monastère Gandantegchinlin. Sur la route, Catherine montra à Sarah et Hugo que le style de la capitale paraissait très contrasté. Des bâtiments de style soviétique se mêlaient aux immeubles modernes. La capitale, en plein essor, possédait des allures occidentales.

Se garant près d'un parc pour enfants, les globetrotteurs furent dépaysés en découvrant des petits temples implantés près du grand monastère au style tibétain. Le toit aux pointes courbées vert, contrastait avec les encadrements des fenêtres peintes en rouge. Des dorures et des sculptures décoraient la façade blanche du bâtiment.

À l'intérieur, le grand Bouddha de la compassion en bronze, orné d'or et de pierres précieuses, impressionnait par sa taille et la richesse de ses matériaux. Les moines, vêtus d'un châle drapé de couleur rouge laissant leur bras droit nu, étaient prêts à transmettre leurs enseignements et attendaient Catherine pour une séance de méditation. La guide fit un résumé sur la culture bouddhiste.

— Ici, en Mongolie, le bouddhisme tibétain remporte les suffrages. Cette religion que d'autres appellent ''philosophie'' prône la non-violence. C'est cet élément qu'il ne faut jamais oublier. Les bouddhistes respectent tous les êtres vivants, prennent leur temps et vivent l'instant présent. Le but ultime est d'atteindre le nirvana en se détachant de tout ce qui est matériel. C'est là que la méditation a un rôle majeur. En renouant avec vous-même, vous apprendrez à vous dématérialiser et à vous libérer des souffrances, des illusions et de l'ignorance. Ce qui, au moment ultime de votre vie, vous permet de vous réincarner. Et plus votre karma est bon, plus vous vous réincarnerez dans le corps d'une personne ayant une vie meilleure.

Hugo, les yeux semi-fermés, semblait bercé par la voix de Catherine et les moines auraient pu croire en un début de méditation. En réalité, le voyage éreintant avait eu raison de son cours de méditation.

Les moines s'assirent sur des petits coussins colorés, les jambes en tailleur. Sarah s'assit en position du lotus. Il n'y avait pas une posture meilleure qu'une autre selon les moines. Celle où on se sentait le plus à l'aise était la posture idéale. Les moines parlèrent en langue mongole. Catherine traduit, alors :

— Ils disent que méditer n'est pas exactement comme faire le vide. C'est très mental. Il faut visiter votre intérieur. Imaginez les capacités de votre cerveau, sentez votre cœur battre et vos poumons expirer et inspirer l'air.

Hugo, qui n'avait pas choisi de position particulière, se coucha brutalement et entama une sieste méditative… ou plutôt réparatrice !

Sarah ne put s'empêcher de rire.

— Mais, ce n'est pas vrai, dit-elle en se débloquant les chevilles et en le secouant. Allez, réveille-toi !

Il lui répondit en émettant un ronflement faisant vibrer le sol, jusqu'au coussin des moines.

— Je suis désolée, s'excusa Sarah auprès de Catherine.
— Ce n'est pas grave, ça arrive tout le temps, vous savez, rit la guide.

Les moines se mirent à rire aussi, leurs peaux brunes fanées furent momentanément lissées par leurs sourires radieux.

Le moine du milieu marmonna quelque chose dans leur langue. Catherine traduit.

— Il demande pourquoi tu es venue ici, en Mongolie. Il sent que cette destination était faite pour toi et voit quelque chose de particulier en toi.
— Ah bon et qu'est-ce qu'il voit ?
— Il voit la fin et le début d'autre chose.
— Il a raison. Je l'espère en tout cas... Le début d'autre chose !

Le vieux moine la regarda fixement et lui fit un sourire d'une bienveillance et d'une pureté qu'elle n'aurait pu trouver ailleurs, qu'ici, dans ce décor chargé de spiritualité, d'amour, de partage.

Elle ferma les yeux et fut soudainement baignée dans un océan abstrait où les esprits des éléments naturels la soulevaient. Elle prit conscience de son corps, de son âme, de ses failles, de ses forces. Ce n'était qu'une ébauche de sa vérité et de sa capacité à se dématérialiser, mais ça y était : elle méditait.

L'exercice, bien que prometteur, n'en était qu'à ses débuts et elle sentit très vite que son esprit, cartésien de nature, reprenait sa place originelle.

Elle sortit tout doucement de sa méditation en remuant légèrement ses membres. Elle avait l'impression d'être sortie de son corps et se sentait légère comme des bulles de savon qui flottent dans l'air. Elle eut le sentiment d'avoir rencontré des divinités qui restaient présentes, en son for intérieur, pour la guider et l'élever. Dans sa tête, tout était mélangé. Ayant des parents catholiques, les cultures semblaient se confondre, mais elle sut, inexorablement, qu'il y avait quelque chose ! Dans les cieux ou ailleurs, dans cet invisible que nos yeux d'humains ne percevaient pas, existait une réalité.

Mais maintenant qu'elle visualisait à nouveau l'intérieur du monastère : les trois moines en face d'elle et Catherine ; elle baissa ses yeux et regarda Hugo, toujours endormi, qui avait réussi, tout en dormant, à caler le petit coussin destiné à la méditation sous sa nuque. Elle se leva et remercia les moines par une poignée de main où elle sentit leur énergie la traverser. Manifestement, elle était réceptive et le moine du milieu le sentit bien.

Pendant qu'il lui serrait la main, il la tira vers lui et, à l'oreille, lui murmura, dans la langue de Molière :

— Je sens que votre vie arrive à son terme, mais votre énergie me montre que vous survivrez !

Sarah, aurait été choquée d'entendre cela à Paris, mais ici, son corps fut traversé par une onde chaleureuse et les paroles du moine paraissaient cohérentes. Elle eut envie d'y croire. Il ajouta :

— Tu as des pépites d'or dans les yeux, comme notre Bouddha.

Avec son accent mongol d'une douceur et d'une vérité incroyables, elle sentit l'émotion l'envahir. Mais pas uniquement son émotion à elle. Elle se sentait enveloppée, accompagnée comme si l'endroit, chargé d'esprits, la protégeait immuablement.

Sarah réveilla Hugo. Elle vit un garçon normal, ouvrant les yeux et se plaignant comme un enfant capricieux qui ne veut pas se lever. Sarah le remercia du regard pour ce voyage qui commençait à peine, mais qui lui promettait, déjà, l'éventualité de répondre aux doctrines philosophiques de cette religion et d'y trouver une place. Pendant qu'Hugo ne pensait qu'à dormir, Sarah, elle, nourrissait sa conscience.

Ils quittèrent le monastère et ils mangèrent dans le restaurant de l'hôtel, des mets adaptés pour les touristes de tous les horizons. Hugo s'empiffra sous les yeux de Sarah, qui prenait des petites bouchées afin d'éviter d'avaler par la trachée.

Elle essaya de méditer partout. Après manger, sur la chaise du restaurant, elle se recentra sur elle-même. Dans la chambre de l'hôtel, allongée, elle essaya également.

— Ha non, étendue, ça ne va pas ! Je vais m'endormir, s'étonna-t-elle.

— Oui, tu comprends maintenant pourquoi je n'ai pas pu méditer au monastère !

— T'es bête, hein ? elle lui lança l'oreiller du lit aseptisé de l'hôtel.

Tous deux se chamaillèrent et profitèrent du relâchement de l'esprit qu'offrait la Mongolie pour s'entremêler dans les draps blancs aux odeurs chimiques.

Le lendemain, ils retrouvèrent Catherine au restaurant de l'hôtel pour le petit-déjeuner. Les bagages à leurs pieds, ils partaient en fourgonnette à 250 kilomètres de la capitale direction le petit Gobi, à la rencontre d'une famille nomade.

Hugo, remis du décalage horaire et de sa nuit nauséeuse dans l'avion, mettait l'ambiance dans le véhicule. Excité par le paysage qu'il voyait en quittant la pollution d'Oulan-Bator, il avait le sentiment de conquérir le monde. Il se mit à chanter des bribes d'air, qu'il avait entendues à la radio.

Le chauffeur répliqua et chanta des chants mongols. Le sourire aux lèvres, toujours positif, pas contrarié de faire son travail, il profita de la bonne humeur d'Hugo et s'en imprégna. Catherine, depuis le temps qu'elle faisait le tour de la Mongolie avec ce chauffeur, connaissait les paroles par cœur et chanta avec lui. Sarah et Hugo, découvrant les chants habités du pays les accompagnèrent timidement en essayant de suivre la mélodie.

Ils firent une halte en milieu de parcours sur une grande ligne droite. La beauté du paysage les mettait en valeur. Ces grandes plaines désertes, légèrement enneigées stoppées par une ligne montagneuse aride, saupoudrée de blanc, dessinaient une multitude de passages. Hugo s'imaginait arpenter ces roches dans ce décor lunaire où la vie semblait s'être arrêtée. Il aperçut, au loin, des chèvres cachemire. Il s'en approcha et découvrit un nomade, vêtu de la même couleur que la roche. Camouflé, il serait passé inaperçu sans son troupeau. Catherine échangea quelques mots avec lui. Sarah et Hugo caressaient les animaux aux longs poils, incroyablement doux.

— Tu aimerais un beau cachemire comme celui-là ? taquina Hugo.

Cette parenthèse présentait les prémices de la suite de leur voyage. De nouveau assis dans la fourgonnette, Catherine commença à planter le décor.

— Nous allons vivre comme les nomades du désert de Gobi. Nous allons dans la famille Ganbat, des éleveurs de chameaux. Les terres sont tellement soumises aux caprices de la météo qu'ils n'ont d'autre choix que de se déplacer régulièrement pour que leur troupeau bénéficie d'herbes fraîches. Nous vivrons dans une yourte, avec eux. C'est vraiment l'occasion de s'immerger dans leur quotidien. Un vrai retour aux sources.

Un virage passé, puis un deuxième, ils aperçurent au loin des dunes de sable parcimonieusement couvertes de neige. Puis, tout près d'eux, trois yourtes séparées entre elles de quelques mètres. Les chameaux couvraient, en surface, dix fois celle des yourtes. En Mongolie, la population animale était bien supérieure à celle des Hommes.

Ils sortirent du véhicule, le froid paralysait leur visage. Il faisait une température de moins vingt degrés. Catherine rassura Sarah et Hugo en leur disant qu'habituellement, à cette saison, ils frôlaient les moins trente degrés.

— Ça va, il fait bon ! C'est le vent qui est froid, plaisanta Hugo, qui tremblait de haut en bas.

De la fumée sortait des petites yourtes. Hugo les lorgnait : il se hâtait de couver le poêle à l'origine des émanations grises et épaisses.

La famille Ganbat sortit de son abri, et Catherine fit les présentations. Elle était composée d'Anchen : le père ;

Zaya : la mère ; Chapar le fils de 17 ans et Nara la petite dernière de 6 ans.

Tous emmitouflés dans des manteaux épais festonnés d'éléments de couleurs différentes, ils s'approchèrent généreusement, sans aucune méfiance alors que le groupe d'étrangers débarquait sur leurs terres, dans leur intimité.

Ils connaissaient Catherine et ils échangèrent quelques mots. Nara, la petite fille, s'approcha naturellement de Sarah, regarda ses cheveux clairs et voulu les toucher. La Parisienne se pencha et laissa l'enfant lui caresser les cheveux. Puis, elle regarda sa mère et elles rigolèrent toutes les deux en se faisant une accolade. Zaya dit que sa fille n'avait pas l'habitude de voir des cheveux blonds et que les habitants d'ici possédaient tous des cheveux foncés.

Anchen, le patriarche d'une quarantaine d'années, la peau froissée par les températures extrêmes montra ses chameaux à ses visiteurs. Ils avaient la caractéristique d'être, à l'instar des chèvres cachemire, très poilus et doux. Sarah et Hugo les caressèrent. Ils possédaient des rênes. Anchen et sa famille les montaient régulièrement.

Zaya les invita à entrer dans la yourte pour boire le Suutei tsai, la boisson mongole la plus répandue à base de thé et de lait. Le décor était authentique. Les murs étaient recouverts de tapis colorés imprimés de rosaces. En face, des meubles de hauteurs différentes se succédaient contre les cloisons et des plats avec de la nourriture trouvaient leur place partout, presque à même le sol, sur des planches en bois. Un des meubles soutenait une petite télévision. Des sacs de couchage étaient étendus contre les parois de gauche et de droite, et au centre étaient disposés des mini tabourets à la forme rectangle, créés sans effort d'ergonomie. Ils s'articulaient autour d'une table très basse en bois.

Zaya leur demanda de s'asseoir. Catherine traduisait les mots émis par la famille Ganbat.

Sarah et Hugo, grands par la taille, s'installèrent sur les tabourets d'environ 40 centimètres. La mère de famille servit le Suutei tsai dans des récipients d'une profondeur située entre le bol et l'assiette creuse. Les deux novices tendirent leurs mains pour attraper la boisson. Zaya, Anchen et Catherine se mirent à rire.

— Pourquoi vous riez, dit Hugo, interloqué.
— Ils rigolent parce que la tradition veut que les invités se servent de la main droite et uniquement de la main droite.

Ils comprirent que les coutumes étaient importantes pour eux et jouèrent le jeu en attrapant le bol de la main droite.

— Attention aussi à ne pas poser votre boisson sur la table sans l'avoir goûtée ! Ça ne se fait pas.

La petite fille rit la main repliée sur sa bouche. Elle trouvait étrange de voir les invités de ses parents ne pas savoir comment boire le thé.

Zaya, hospitalière, posa un grand saladier de fromage séché sur la table. Sarah et Hugo goutèrent aux spécialités locales avec plaisir, mais sans grande conviction. Cela convenait à Sarah. Personne ne lui en voudrait de ne pas se goinfrer.

Anchen demanda à son fils d'aller préparer les chameaux pour la promenade.

— Nous allons partir en balade à dos de chameau, dans les steppes, dit Catherine.

Pendant que Chapar, l'aîné de la famille préparait les animaux, Zaya remit du crottin de chameau dans le petit poêle qui réchauffait la yourte. Elle sortit également des sacs de couchage et réorganisa la pièce pour la nuit. La famille, ainsi que Catherine, dormiraient les uns à côté des autres à droite de la table basse et les deux touristes s'installeraient à gauche.

Nara saisit le téléphone de son père sur un des meubles. Sa mère lui reprit de ses mains.

— Tu sais bien que tu n'as pas le droit !

La petite fille rit en regardant Sarah. Une connexion se fit entre elles.

À l'extérieur, Chapar avait sorti 5 chameaux. Zaya et sa fille resteraient dans la yourte. Anchen expliqua à ses invités comment guider les chameaux.

— Ils vont se pencher pour que vous puissiez monter dessus. Accrochez-vous très vite aux rênes et laissez vous porter. Gardez le dos bien droit, traduit Catherine.

Sarah et Hugo, très concentrés, voyaient les chameaux faire une sorte de révérence pour leur faciliter l'installation. Ils se regardèrent, fascinés par la posture majestueuse des animaux. Hugo aida Sarah, à monter. Ils partirent ensemble, sillonner les grandes plaines pour atteindre les dunes de sable.

Cinq cowboys asiatiques au beau milieu d'une steppe démesurée, déserte, où l'horizon n'a pas de limites.

Seul le vent semblait animer le vaste territoire sauvage, inhabité.

Ils s'apprêtaient à arpenter une chaîne de montagnes. L'exercice fut périlleux pour Sarah et Hugo qui redoutaient que leurs chameaux ne maintiennent pas le cap. Ils poussèrent de légers cris de détresse.

Cela fit rire Anchen qui leur dit par l'intermédiaire de Catherine :

— Ça, c'est rien, dans le désert y'a pire : y'a l'ours du Gobi !

Lui et Catherine se mirent à s'esclaffer devant l'air étonné des deux voyageurs. Hugo ne savait plus quoi penser et attendait qu'Anchen contredise son affirmation.

— Non, mais plus sérieusement, il y a des ours, ici ?
— J'en ai vu un, une fois, derrière un rocher. Je crois qu'il avait plus peur de moi que moi de lui, évoqua Anchen.

Hugo, pas vraiment rassuré, serra fort les rênes qu'il tenait dans sa main et regarda bien droit devant lui.

— Tu as peur, hein ? se moqua Sarah.

Hugo lui répondit par un sourire amoureux.

— J'ai peur pour toi !
— Mouais !

Sur les dunes de sable où le vent était glacial, ils quittèrent un instant leurs chameaux et regardèrent le panorama. Le silence était de mise pour ressentir, au mieux, les éléments naturels transmettre leur énergie. Sarah ferma les yeux et respira à fond. C'était comme se laisser posséder. Le lieu s'y prêtait et la terre des Mongols en était imprégnée.

De retour à la yourte, Zaya avait préparé du Khorkhog qu'elle servit dans des assiettes creuses. Tous réunis autour de la table assis sur les tabourets, ils mangèrent ce plat de viande avec leurs doigts.

Sarah ne put faire honneur au plat. Cette fois, ça ne passait plus du tout. Elle ressentait une gêne dans sa gorge et une pression dans la tête l'étourdissait.

Elle attendit que le repas se termine et souhaita méditer avec Zaya et Anchen. Tous les trois assis sur les sacs de couchage, les yeux fermés, elle essaya de ressentir la même chose que dans le monastère, mais la proximité des uns et des autres dans la yourte la gêna.

Bien que la petite Nara soit de nature calme, les bruits qu'elle engendrait en déplaçant des objets déstabilisèrent Sarah. Zaya lui prit les mains et lui dit, dans sa langue, qu'elle était une femme incroyable. Elle lui demanda si elle occupait un poste important en France, car elle ressentait son autorité naturelle.

— On voit que c'est toi qui décides des choses ! dit
Zaya dans sa langue.

Catherine s'empressa de traduire, et Sarah fit une moue où
se mêlaient sourire et étonnement… ce qui valut un fou
rire dans la petite yourte, où la chaleur humaine les
réchauffait davantage que le crottin de chameau.

Sarah profita de ce moment de vérité pour dire à Zaya
qu'elle était une femme pure, dévouée et que sa famille
unie devrait servir d'exemple à tous les couples français
qui se défont.

Nara se mit derrière les cheveux de Sarah et les caressa
en mimant les gestes d'un coiffeur. Elle adorait les
cheveux blonds de la jeune femme et en aurait voulu des
pareils. Sarah affirma que ses cheveux d'ébène étaient
encore plus beaux. Elle lui proposa de lui offrir une mèche
de cheveux en souvenir. La petite fille, ravie, coupa une
longueur blonde au niveau de la nuque de Sarah. Nara
serra les cheveux contre son cœur et alla les poser à côté
de la télévision et du téléphone.

Hugo vit que Sarah avait du mal à articuler. Il se
rapprocha d'elle et profita que la petite Nara détourna
l'attention de tout le monde en prenant, une nouvelle fois,
le téléphone de son père pour lui murmurer dans l'oreille :

— Je vois bien que ça ne va pas…

— Non, c'est vrai, j'aimerais m'allonger.

— Vas-y, je t'accompagne.

Hugo, sans demander l'autorisation de ses hôtes, ouvrit le sac de couchage de Sarah et l'aida à se coucher. Elle peinait à se déplacer.

— Je crois que je suis fatiguée, exprima-t-elle difficilement à ses hôtes.

La petite famille comprit que la journée avait été longue pour eux. Anchen rechargea le poêle avant de se coucher. Ils se souhaitèrent tous une bonne nuit et se dirent à demain pour de nouvelles découvertes.

Les parents discutaient en chuchotant avec leurs enfants, tous allongés. Sarah trouvait cela émouvant. Ça ne ressemblait en rien aux soirées familiales françaises devant la télévision. Face à face, étendus dans les couchages, elle regarda Hugo, encore éclairé par la lueur qu'émettait la flamme derrière la vitre du poêle.

— Merci pour ce merveilleux voyage, marmonna-t-elle.

— Repose-toi, s'il te plaît.

Elle se retourna pour se retrouver de dos à lui. Il la saisit par la taille, prit sa main et approcha sa tête vers son oreille et lui glissa délicatement :

— Je t'adore tellement ! Et au fait, c'est le réveillon de
Noël ce soir, chez nous !

Sarah ne répondit pas verbalement, mais la façon
qu'elle eut de lui serrer la main et d'expirer lui fit sentir
que son sentiment était partagé. Ils s'endormirent, bercés
par la douceur du foyer.

Chapitre 13

Le lendemain matin, Hugo, encore endormi, sentit qu'on lui secouait l'épaule.

— Hugo ? Hugo ?
— Quoi ? Je dors !

Il se redressa et vit Catherine s'agiter dans tous les sens autour de lui. Il regarda immédiatement Sarah qui dormait, le dos tourné, à ses côtés. Anchen était en train de parler au téléphone.

— Mais que se passe-t-il ? dit difficilement Hugo, à peine réveillé.
— C'est Sarah, elle a fait une espèce de crise convulsive ou épileptique, je ne saurais pas dire, répondit Catherine, très inquiète.
— Quoi ?
— Elle a remué dans tous les sens, ses yeux se sont révulsés. Ça n'a pas duré très longtemps, mais depuis elle est inconsciente. Anchen appelle les secours.

Hugo se leva immédiatement et s'accroupit près du visage de Sarah. Endormie, ses traits du visage semblaient quelque peu crispés comme si elle avait subi un choc. Hugo tenta de la réveiller, la secoua, la prit dans ses bras en lui soulevant le buste. Rien n'y faisait. Il vérifia sa respiration. Il prit son pouls de façon maladroite. Il ne comptait pas les pulsations. Le moindre battement venant de son corps suffisait à le rassurer.

— Que font-ils ? Ils viennent quand ?
— Ils sont partis, mais il y a de la route.
— Mais ce n'est pas possible ! Que s'est-il passé !

Hugo fit les cent pas dans la yourte et vérifiait toujours que le thorax de Sarah s'élève de façon régulière. Il bougonnait :

— Pourquoi je l'ai amené ici, à des années lumières de la civilisation, c'est de ma faute…

Catherine le regardait la tête penchée sur le côté. Ses yeux s'ouvrirent pour montrer sa compassion et tenter d'apaiser sa colère. La petite Nara prit la mèche de cheveux à côté de la télévision et s'approcha de Sarah. Elle s'allongea à côté d'elle tout en chantant à faible intensité une sorte de chant mongol. Sa voix, douce et enchanteresse, attira l'attention des habitants de la yourte. Hugo s'arrêta un instant et vit la petite fille jouer avec la mèche de cheveux au-dessus du visage de Sarah tout en chantant la berceuse. C'est comme si elle effectuait un rite. Cela effraya Hugo, qui sortit en ouvrant la porte délicatement de façon à ne pas interrompre la parenthèse spirituelle qui se jouait dans la yourte.

Les chameaux, bien dociles, patientaient calmement aux abords de la maison itinérante. Hugo s'approcha d'un d'eux et lui caressa sa frange beige dont les pointes recouvraient légèrement ses yeux entourés de cils ras et drus.

— Tu ne sais pas ce qui se passe, toi. Tu es heureux, tous les jours.

Devant la non-réactivité de l'animal, Hugo sentit qu'il pouvait extérioriser sa peine sans avoir à se justifier ou à exprimer des choses dont il préférait taire. Tout en massant le collier du chameau, il regarda l'horizon. Ces steppes grandioses, puissantes dégageant tant d'énergie ne pouvaient rien contre la maladie de Sarah.

Comment est-ce possible que la nature perdure autant et que la plus belle personne que je connaisse se trouve à la frontière entre la vie et la mort, prête à disparaître du monde, comme si elle n'avait jamais existé. C'est insensé.

Sa pensée philosophique fut immobilisée par le claquement de la porte rouge de la yourte. Hugo, se retourna, les yeux humides. Il vit Catherine revêtant un châle pourpre prêté par Zaya.

— Elle a ouvert les yeux, cria-t-elle ! Puis elle rentra à nouveau dans la yourte.

Hugo fit une tape amicale sur la première bosse du chameau comme pour le remercier de l'avoir écouté et s'empressa de regagner l'habitation.

En entrant, depuis la porte, il vit Sarah remuant sa tête de droite à gauche, le regard vide. Il resta planté là à la fixer, il serra les dents. Il ne savait comment réagir. Sarah ne semblait plus être là. Il voyait une personne malade. Tout le contraire de la personne hyperactive, travailleuse, généreuse et sensible qu'il connut.

Nara, le voyant hésitant à l'entrée de la yourte, le prit par la main pour le conduire au chevet de Sarah. Malgré les circonstances, il fit un sourire doux à la petite fille. Elle le lâcha et retourna à l'autre extrémité de la yourte avec les autres occupants afin de leur laisser un peu d'intimité.

Hugo passa sa main sur le front humide de Sarah. Son menton trembla devant l'expression perdue de la jeune femme. Elle ne le regarda pas. Ses yeux noisette aux pépites d'or, n'exprimaient plus rien. Elle essaya de dire quelque chose, mais ça ne sortait pas, elle n'y arrivait pas.

Anchen passa précipitamment la porte. Les secours étaient là. Les ambulanciers chargèrent Sarah au plus vite dans le véhicule sanitaire direction la capitale Oulan-Bator. Voyant les secouristes assez brusques et rapides dans leurs gestes, Hugo les chargea avec éloquence de faire attention à Sarah lors du transfert.

Il rassembla rapidement leurs affaires et quitta ses hôtes en les remerciant chaleureusement, mais de façon brève de façon à soigner Sarah au plus vite. En montant dans le fourgon avec Catherine, il les regarda une dernière fois. Tous les quatre étaient alignés et disaient au revoir, la main vers le ciel. La petite Nara avait posé la mèche de cheveux de Sarah contre son cœur.

Hugo, en arrivant sur cette terre, savait que la séparation avec les Mongols serait difficile, mais il n'avait pas imaginé qu'elle se passerait de cette façon. Il se retrouvait dans une ambulance avec la femme qu'il aime entre les mains d'un médecin et d'un ambulancier au beau milieu des plaines arides à l'autre bout du monde. Il se sentait très seul. D'habitude, ils réfléchissaient à deux. Il ne pouvait compter que sur lui, à présent.

Le médecin expliqua à Catherine qu'il lui faisait une injection d'antidouleurs et d'anxiolytiques pour tenter de calmer son agitation et qu'elle bénéficierait d'examens approfondis à l'hôpital.

Catherine transmit les informations à Hugo. Il leur expliqua tant bien que mal la maladie de Sarah qui avait dépassé les pronostics des médecins. Expliquer cela, sans la positivité de Sarah pour le redynamiser lui fit perdre l'espoir, un instant, de la retrouver comme elle était la veille, quelques heures seulement avant sa crise.

Informés par l'état de santé de Sarah, les soignants de l'hôpital cibleraient immédiatement les soins prodigués à leur arrivée.

À quelques minutes d'Oulan-Bator, le médecin téléphona à l'établissement de soins, pour leur faire part de la patiente prête à arriver. Sarah dormait paisiblement, sa tête ne se balançait plus de gauche à droite.

Elle fut transférée aux urgences de l'UBH Center, un grand hôpital moderne, et bénéficia rapidement d'un scanner du cerveau.

Hugo attendit longuement dans un couloir aux murs blancs et au carrelage beige effet marbre. Le plafond parsemé d'une multitude de spots, éclairait la devanture de cabine où des secrétaires médicales étaient postées. Des chaises meublaient le couloir, mais Hugo ne tenait pas en place. Il investissait le couloir de long en large.

Catherine, assise, les jambes croisées, se tenait d'accompagner Hugo pour continuer son travail d'interprète. Un médecin qu'ils avaient vu auparavant arriva, un dossier à la main.

Il s'approcha de Catherine. Hugo les rejoignit. Il parla un moment et Catherine traduit le diagnostic à Hugo :

— Elle a de nombreuses tumeurs. Elles se sont développées selon lui et touchent les zones de la parole, de la vue, de la motricité. Je suis désolée, Hugo.
— Comment ça, vous êtes désolée ?
— Il me dit que c'est la fin…

Catherine, très mal à l'aise et choquée par la situation, se retourna et des larmes coulèrent le long de ses joues. Hugo se plaça devant elle et lui saisit les épaules.

— Je vais la rapatrier en France et elle sera soignée, là-bas ! Comment ça se passe, Catherine ? J'ai besoin de vous.
— On peut demander un avion sanitaire, mais avec le trajet, la correspondance et…
— Non ! Ça sera un vol direct, vous m'entendez ! Écoutez, Catherine… Je débourse 50 000 euros s'il le faut pour ce transfert, vous comprenez ? Un vol direct, ok Catherine ?

La colère qu'il avait en lui suite au verdict du médecin l'obligea à réagir, de quelque façon que ce soit, pour ne pas sombrer. Se battre lui offrait le sentiment de garder le contrôle.

Catherine alla parler au médecin et passa de nombreux coups de fil. Hugo, en attendant, regardait les autres patients parcourant les couloirs de l'hôpital et pensait qu'ils venaient là pour des problèmes de santé bénins et sans intérêt : leur état ne pouvait pas être plus grave que celui de Sarah.

Catherine finit par le rejoindre.

> — C'est bon.
> — … ?
> — Un avion sanitaire décollera d'ici jusqu'à la Pitié Salpêtrière à Paris.
> — Merci beaucoup, Catherine, vraiment, merci pour tout !

L'avion sanitaire fut immédiatement missionné et se posa sur l'héliport de l'UBH Center. Sarah, amorphe, fut transférée dans l'avion. L'équipe soignante composée de deux personnes parlant l'anglais pour faciliter les échanges avec les touristes provenait d'une compagnie d'assurances.

Hugo, qui ne savait articuler que deux mots en anglais, ne put que faire confiance à l'équipe sans se montrer trop exigeant. Elle était allongée sur une sorte de lit médicalisé et entourée de matériel médical. Cela rassura Hugo. Elle était hydratée par une perfusion et le personnel médical restait toujours à son chevet. Hugo fit plusieurs micro-siestes, mais lorsque ses yeux se fermaient, la dernière chose qu'il voyait était Sarah. Il veillait sur elle.

Le vol, d'une durée de dix heures, les ferait arriver à Paris en tout début d'après-midi, en comptant le décalage horaire.

Atterrissage sur l'héliport de la Pitié Salpêtrière, Paris, treizième arrondissement, jour de Noël.

Hugo distingua, par le petit hublot, des brancardiers déjà disposés à accueillir Sarah au sein de l'hôpital. Les étapes se synchronisaient parfaitement. Hugo ne ressentit aucun mal-être lors de l'atterrissage. Il n'y pensa même pas, d'ailleurs. Il suivit les brancardiers qui amenaient Sarah au service neurologie.

Derrière eux, Hugo profita de ce moment creux : il appela ses parents. Il leur raconta le matin de cauchemar dans la yourte et son retour à Paris. Céline et Michel décidèrent de se rendre à Paris rapidement soutenir leur fils.

Hugo prévint également Tony qui se mit en route pour le rejoindre à l'hôpital. Il envoya un simple texto à

Agathe et à Fab les informant de son retour et de l'état de santé de Sarah.

Fab appela immédiatement Hugo, choqué par la situation et lui garantit son soutien sans faille. Il passerait le voir dès qu'il le pourrait.

Agathe exprima sa surprise et souhaita recevoir des nouvelles rapidement.

Hugo s'installa aux côtés de Sarah, dans la chambre d'hôpital au décor classique et à l'odeur caractéristique des désinfectants, des pansements et de la Bétadine.

Le docteur Fouillard et Victoria, l'infirmière, entrèrent dans la chambre, munis du dossier transmis par les soignants d'Oulan-Bator. Tony frappa à la porte au même moment et entra dans la chambre dans un silence de plomb avec un regard de compassion en direction d'Hugo. Il s'assit à proximité.

Le médecin, au vu du scanner réalisé en Mongolie, porta les mêmes conclusions que son confrère.

— Nous allons faire en sorte qu'elle ne souffre pas. Il n'y a plus rien à faire. Elle n'est plus en capacité de se nourrir ou de se déplacer. Le cerveau porte des lésions sur des zones très importantes. C'est inopérable et incurable. Vous m'en voyez désolé.

Le médecin annonça cela de façon robotisée et il partit, laissant l'infirmière comme seule interlocutrice. De dos à Hugo et Tony, elle replaça l'oreiller correctement sous la tête de Sarah et vérifia les branchements de la pompe à morphine. Elle se retourna vers eux.

— Ne vous inquiétez pas, on va faire en sorte qu'elle ne souffre pas. Vous pouvez me sonner là si vous avez besoin de quelque chose.

Elle leur montra le bouton de l'appel malade et partit continuer sa tournée de patients.

Hugo, démuni et en colère, se leva :

— Mais ce n'est pas possible ! Ils ne vérifient même pas par un autre scanner ! C'est Sarah Marques quand même !
— Calme-toi, Hugo. Cela fait plus d'un an... on est dans les temps, malheureusement. Si le docteur Fouillard avait émis le moindre doute sur le résultat du scanner réalisé en Mongolie, il n'aurait pas hésité à lui en prescrire un nouveau. Je le connais, c'est un bon médecin. Et tu sais bien que Sarah a beau être une femme d'affaires respectable et reconnue, elle ne souhaiterait pas recevoir un quelconque privilège.
— Ce n'est pas juste...
— Je le sais !

Tony se leva à la hauteur d'Hugo et ils se prirent dans les bras l'un de l'autre, essayant de souder leurs forces.

Les heures passèrent et Hugo se tenait là, à côté de Sarah. Il était tard et Tony avait regagné son domicile dans le septième arrondissement.

Sarah ne pouvant pas manger, c'est Hugo qui bénéficiait de son repas. Victoria lui apporta un plateau qu'il toucha à peine, lui qui ne souffrait jamais de manque d'appétit, sentit ce nœud dans la gorge, qui empêche d'avaler.

Le corps décharné de Sarah n'exprimait plus rien. Hugo comprenait qu'il allait la perdre.

Le fait qu'elle soit encore physiquement là, rendait pourtant l'espoir possible. Elle respirait. Ses beaux cheveux recouvraient l'oreiller et il avait la possibilité de les sentir. Ses mains chaudes pouvaient encore être caressées et serrées. Il la regardait, tel un ange. Seulement, les pépites d'or de ses yeux dissimulées sous ses paupières lisses et rosées, lui manquaient.

Il s'approcha tout près d'elle, de son oreille :

— C'est notre premier Noël ensemble. Tu me fais une sacrée farce, lui dit-il.

Elle ne réagissait pas. Hugo finit par allonger le haut de son corps contre celui de Sarah et laissa ses pieds pendre, dans le vide. La main sur son cœur pour en écouter les battements, c'est par ce son entendu, la dernière fois chez l'obstétricien pour son enfant, qu'il s'endormit, très tard dans la nuit.

Le lendemain matin.

Les infirmières passèrent de bonne heure. Hugo dut sortir une petite demi-heure pour les laisser faire leur travail. Il en profita pour descendre au rez-de-chaussée boire un expresso bien serré de la machine à café. Cerné, perdu, dans l'attente, il se sentait seul, impuissant, complètement dépossédé.

Il reçut un texto de Fab qui lui annonçait sa venue le matin-même.

Appuyé contre un mur, il aperçut Tony au loin, qui s'apprêtait à prendre l'ascenseur.

— Hé ! Tony ! cria-t-il.

Tony le rejoignit et se fit couler un café également.

— Quelles sont les nouvelles ?

— Rien… elle n'a pas bougé. Les infirmières font les soins. Je vais remonter, elles doivent avoir fini, maintenant.

— Je vais passer la matinée ici. Tu devrais rentrer ! T'as besoin de repos aussi.

— Non ! dit-il d'un ton sec et ferme tout en tremblant. Fab va venir et… je reste avec elle…

Tony lui posa la main sur l'épaule et acquiesça le besoin qu'il avait de soutenir la femme qu'il aime.

Ils remontèrent tous les deux et découvrirent Sarah, bien peignée, le teint reposé. Tony s'approcha d'elle et lui caressa la joue, puis s'assit au fond de la pièce face au lit et sortit son téléphone comme pour passer le temps.

Hugo resta à son chevet, installé à côté d'elle, il glissait sa main sur ses cheveux. Tout était possible dans cette chambre d'hôpital. Et alors qu'ils n'espéraient voir aucun mouvement de vie dans ce lieu morne et aseptisé, l'impensable se produisit.

Sarah remua ses lèvres et, son nez, en suivant le mouvement, bougea sensiblement. Hugo, éberlué par les mimiques de la jeune femme pensait délirer à cause de la fatigue. Il cligna plusieurs fois des yeux afin d'interpréter ce qu'il voyait.

— Sarah ? murmura-t-il sans conviction.

Elle ne bougeait plus. Tony, toujours le nez sur son téléphone, semblait jouer à un jeu. Il reproduisait toujours les mêmes gestes avec son majeur sur son écran.

Hugo, qui doutait de sa propre santé mentale, ne savait pas comment l'annoncer à Tony.

— Tony ? essaya-t-il, sans lâcher Sarah du regard.
— Oui ?
— C'est Sarah… elle a bougé.

Tony se leva immédiatement et espérait pouvoir confirmer les dires d'Hugo. Ils attendirent quelques secondes dans un silence absolu et cela recommença. Sarah semblait essayer de décoller ses paupières.

Tous les deux fous de joie et émus, lui prirent une main chacun de façon à la stimuler davantage. Hugo eut le réflexe d'appuyer sur l'appel-malade afin d'alerter l'équipe médicale.

Ses yeux s'ouvrirent à la façon d'un papillon qui prend son envol et Hugo fut ébloui de voir l'or de ses yeux. Il sourit tout en retenant ses larmes. Elle regarda Tony, puis Hugo et ses lèvres s'ouvrirent comme si elle essayait de sourire.

Il jubilait, il y croyait.

À cet instant, c'était clair dans sa tête. Elle se réveillait pour vivre. Sarah, de nature si forte, ne pouvait pas se laisser abattre aussi rapidement.

Victoria arriva dans la chambre et Tony lui expliqua ce qu'il venait d'arriver pendant qu'Hugo parlait à Sarah et attendait un retour de sa part.

L'infirmière, démunie, s'approcha d'Hugo :

— Vous savez, il arrive que des patients, dans cette phase-là, aient un regain soudain d'énergie et laisse penser à un miracle ou une guérison, mais ce n'est qu'éphémère.
— Non, vous vous trompez, elle se réveille, dit Hugo. Et je sais comment la stimuler davantage.

Sarah gardait les yeux ouverts, mais son regard redevenait vague et perdait sa lumière vitale. Hugo éluda cette information. Il demanda le téléphone à Tony et mit la chanson du gala sur laquelle ils avaient dansé : *Behind Blue Eyes* de *The Who*.

Hugo, enthousiaste, s'attendait à ce que le visage de Sarah s'illumine en entendant la chanson, mais petit à petit, elle retourna à son état végétatif et referma les yeux, sans surprise pour Victoria.

— Ma Sarah, réveille-toi… Tu ne m'as même pas appris à danser ! Allez réveille-toi !

Tony comprit également que l'infirmière avait raison, et se trouva désarmé face à l'attitude d'Hugo qui n'abandonna pas son idée. Il pointa son index sur l'infirmière :

— Vous n'y croyez pas, mais vous verrez que j'ai raison. Je vais lui trouver un autre médecin et il la sauvera !

Hugo, atteint d'une fièvre psychogène, tremblant et dégoulinant de sueur, partit à vive allure sans même regarder Sarah alors que Victoria indiquait à Tony qu'elle se rendait, de ce pas, chercher le médecin. Hugo, dans sa bulle, passa la porte de la chambre. Tony vit bien qu'il était incapable de le raisonner et qu'il devait passer ces étapes de colère pour accepter l'évidence. Il le laissa partir et resta auprès de Sarah en attendant la visite du médecin.

En passant les portes extérieures de l'hôpital, Hugo, devenu fou par la situation marcha dans les allées qui entouraient l'établissement en criant :

— Y'a pas un bon médecin ici ?... Y'a une femme exceptionnelle qui pourrait guérir, mais qui ne peut pas et vous savez pourquoi ?... Parce qu'il n'y a pas de bon médecin, ici !!!!

Tout le monde le regardait expulser sa colère. Saisi de vertiges, les nerfs à vif, il s'appuya contre le tronc noueux d'un arbre qui longeait l'allée.

Fab, qui venait soutenir son ami, se trouvait justement devant l'hôpital et fut alerté par les cris. Il reconnut la voix d'Hugo. Il le trouva assis au sol contre le pin, la tête entre ses mains, crachant, pleurant, rejetant enfin sa haine, son incompréhension,   l'injustice   qu'il   ressentait.   Il s'agenouilla à la hauteur d'Hugo et délogea ses mains, qui serraient ses tempes. Il le prit contre lui.

Ils restèrent plusieurs minutes ainsi, jusqu'à ce que les sanglots d'Hugo se temporisent et que Fab sente que la rage de son ancien colocataire s'amoindrit, à son contact. Les gémissements dans son souffle et les saccades de son thorax calmés, il saisit son copain, le releva et l'enlaça. Hugo pouvait enfin exprimer son affliction. Il maintint l'accolade plusieurs minutes, vida ses émotions et son stock de larmes. Fab sentit la colère de son ami se transformer en tristesse.

Hugo avait compris. Il ne profiterait plus jamais de Sarah comme auparavant. La dernière fois qu'il avait pu le faire, c'était lors de son ultime journée en Mongolie, avant la nuit où sa maladie se déclara à son paroxysme.

Fab, sentit qu'Hugo reprenait ses esprits et il lui exprima son désir de regagner le chevet de Sarah. Fab acquiesça et comme Hugo vacillait, peinait à avancer, il supporta le poids du corps abattu d'Hugo jusqu'à l'entrée de la Pitié Salpêtrière. Arrivés devant l'escalier, ils s'arrêtèrent.

Hugo se redressa et leva le menton pour remplir ses narines de suffisamment d'air, afin de retrouver une respiration moins saccadée. Les yeux vers le ciel, comme pour supplier un dieu qui s'y trouvait de l'aider, il aperçut Tony en haut du petit escalier qui menait aux portes de l'hôpital.

Tony, figé, les bras le long du corps, était posté là et regardait Hugo. Un moment de silence s'établit entre les deux hommes. Pas long, peut-être six secondes. Une éternité pour Hugo. Tony, la tête immobilisée et droite vers l'horizon, mais les yeux réglés en direction d'Hugo, annonça l'inimaginable :

— Tu étais où ?... Ça y est… c'est fini !... Elle est partie !

Hugo, séparé de Tony par les escaliers, le regarda fixement, la bouche entrouverte, sans dire un mot. Diminué physiquement par la hauteur de Tony, en haut des quelques marches, il se sentit petit face à la puissance de la nouvelle. Il resta un moment comme cela, bien droit, à s'essuyer le visage dans la main et à regarder Tony.

Elle est partie et je n'étais pas là. Je ne la connaissais que depuis six mois et aujourd'hui, elle fait de moi l'homme le plus malheureux du monde. Et ce corps merveilleux qui lui a permis de vivre, de découvrir, de rire, danser et chanter, qu'elle a animé longtemps, que j'ai aimé, il va falloir maintenant s'en débarrasser comme un objet défectueux. Ce corps qui a servi, aidé, n'est plus utile et va disparaître.

Chapitre 14

Quelques jours plus tard, avant le passage en 2023.

Céline, Michel et Maxime étaient venus à Paris, le jour du décès de Sarah.

Hugo, toujours installé dans la maison de Sarah, avec l'accord de Tony, invita ses parents et son frère à y dormir.

Tony avait reçu les confidences de Sarah concernant son enterrement. Elle avait tout prévu et écrit ses directives anticipées. Elle ne souhaitait aucune cérémonie. Pas de passage au funérarium, ni de passage à l'église, ni même un rassemblement laïc pour un dernier hommage. Elle souhaitait simplement être enterrée, avec ses parents, au cimetière du Montparnasse. Pas d'avis de décès n'avait été publié et l'équipe médicale, très professionnelle, avait gardé sa langue quant à l'identité de leur célèbre patiente décédée, entre les murs de leur lieu de travail.

Tony prit sa voiture et amena Hugo, son frère et ses parents pour assister à l'inhumation de Sarah, en toute intimité.

Malgré l'interdiction de Sarah de faire une cérémonie en son honneur, ils décidèrent de se rendre chez la défunte pour parler d'elle, la découvrir pour certains, la redécouvrir pour d'autres. Maxime ne la connaissant pas, apprit à savoir qui elle était à travers les témoignages d'Hugo et de Tony. L'après-midi fut douce. Ils ressentirent même des moments de joie à évoquer le caractère de la jeune femme. Après quelques verres, Tony s'apprêtait à regagner son domicile. Malgré le froid, Hugo le raccompagna dehors. Il enfila sa doudoune achetée pour la Mongolie en compagnie de Sarah et dans la cour intérieure, Tony lui lâcha :

— Sur le bureau, sous le dossier de la crème antiride à l'huile d'immortelle, tu regarderas.
— Quoi ?
— Il y a quelque chose pour toi.
— Que tu as laissé ?
— Non. Qu'elle t'a laissé !

Et il passa la grosse porte cochère qui accédait à la rue.

Hugo rentra. Sa famille s'était installée dans le salon et discutait. Leurs voix familières étaient un soulagement énorme, bien qu'il lui manquait la voix et l'énergie de Sarah.

Il se dirigea vers le bureau, curieux et inquiet. Les volets n'avaient pas été ouverts depuis. Il alluma la lampe en chrome. Il ferma la porte, certain qu'il allait vivre un moment spécial. Il ne souhaitait donc pas être dérangé.

Il vit tout de suite le dossier qui comprenait les résultats des tests de la crème à base d'huile d'immortelle. Il crocheta ses doigts pour en sentir l'épaisseur et une fois le dossier complet en main, il le souleva. Une lettre de Sarah manuscrite apparut devant ses yeux.

Il la saisit et la caressa sachant que Sarah avait posé ses mains dessus avant lui et, de cette façon, il captura des bribes de son ADN encore présent. Il se mit assis et commença à lire.

Cher Hugo,

Je griffonne cette lettre avant de décoller pour la Mongolie, le voyage de mes rêves où je vais m'imprégner de la culture bouddhiste que j'affectionne. J'espère que tu t'y intéresseras aussi, un jour !

J'aurais aimé que cela continue entre nous. Je savais que j'étais condamnée et pourtant j'ai voulu t'avoir pour moi.

Il faut que tu saches que je suis un peu calculatrice. Quand je suis venue au MACCHIATO, je savais que tu y serais et c'est pour cette raison que je m'y suis rendue, prétextant une envie de boire un coup avec mes collaborateurs. Mais, en fait, tu me connais, ce n'est pas mon style.

En réalité, je t'avais repéré rue Saint-Dominique, avec tes amis. Ton innocence, ta jeunesse, ta beauté, c'est quelqu'un comme toi que je cherchais pour reprendre les rênes de ma société. Je ressentais la maladie qui avançait et je n'avais pas de repreneur. Tony m'a toujours dit qu'il ne voulait pas d'une telle charge et qu'il aurait peur de me décevoir outre-tombe.

Je t'ai engagé en tant que mannequin parce que tu le méritais. Mais ce qui m'importait le plus, c'était que tu t'intéresses à l'entreprise également pour en devenir le PDG, à ma place.

J'ai rédigé un testament. Je te lègue mon entreprise, entièrement. Tu en deviens le directeur. Je te fais entièrement confiance. L'entreprise de mes parents va continuer à vivre grâce à toi et ensuite grâce à ton enfant. Tu hérites également de ma maison et de la moitié de ma fortune. L'autre moitié va à Tony ainsi que ma résidence secondaire dans le Nord.

Plus qu'un remplaçant pour mon entreprise, tu as égayé de façon inespérée mes derniers jours. J'ai vécu chaque seconde à cent pour cent à tes côtés. J'ai ressenti des choses que je ne pensais plus vivre. Tu m'as comprise, soutenue, aimée. Tu es une personne extraordinaire et tu vas vivre une vie extraordinaire.

Je ne suis peut-être plus là physiquement, mais je vais te hanter partout, tout le temps, à chaque moment, je serai avec toi. Et cet enfant à naître qui est le tien, je l'aime comme le mien.

J'espère que tu ne me trouves pas trop égoïste d'être venue te cueillir, lors de cette soirée au MACCHIATO, sans ton accord.

Ta Sarah.

Il se frotta les yeux craignant d'avoir assisté à un mirage. Il reconnut la force de Sarah, ainsi que sa sensibilité. Assis au fond du fauteuil, avec la lampe de bureau comme source de lumière, il était secoué de l'intérieur, mais à l'extérieur, rien ne remuait.

Au bout de quelques minutes, il se leva, prit la lettre de Sarah et se rendit, tel un zombie vers le salon où sa famille se trouvait. Il la tendit à sa mère.

— Tiens, regarde ça.

Il se mit assis de tout son poids dans le canapé en fixant devant lui. Maxime et son père se rapprochèrent de Céline et d'Hugo.

— Est-ce que je lis à haute voix ? demanda-t-elle.
— Oui, si tu veux.

Elle commença la lecture de la lettre et Hugo fut subjugué d'entendre parler Sarah, à travers la voix de sa mère. Il baissa la tête et écouta attentivement.

À la fin de la lettre, Hugo interrompit Céline.

— Comment peut-elle penser qu'elle est égoïste ! Tu te rends compte, maman, elle m'a tout appris ! Cette fille… femme m'a tout appris ! Comment elle peut dire ça ?

Sa mère le regardait compatissante. Elle le laissait parler, il avait besoin de s'exprimer.

— J'ai tout fait avec elle ! Elle m'a porté comme personne n'aurait pu le faire. Je suis devenu un homme, grâce à elle. Je sais diriger une entreprise maintenant, j'ai un avenir ! Et je deviens riche, grâce à elle. Elle me laisse tout… je n'arrive pas à y croire.

Ils restèrent tous bouche bée, devant Hugo. Son frère s'approcha de lui et le saisit par la nuque. Hugo baissa la tête et se tut. Les larmes sortirent et il poussa des gémissements. Maxime le prit contre lui et le consola.

Ils ne parlèrent plus de la lettre de la journée, laissant Hugo reprendre le contrôle de ses émotions.

Le lendemain, au petit-déjeuner.

Céline préparait du café dans la cuisine quand Hugo la rejoignit.

— Tu as dormi ?
— Très peu… sa lettre m'a hanté toute la nuit.
— Je comprends.
— Elle me lègue tout, c'est comment dire… beau ! Et si triste en même temps !

— Tu sais, Hugo, c'est que cela devait se passer ainsi. C'est toi qui as fait la démarche d'aller à Paris. Tu as pris un risque.

— Il n'en ressort pourtant pas que du positif. J'ai perdu la femme que j'aime et je vais avoir un enfant d'une femme dont je ne suis pas amoureux.

— Et bien oui ! Et tu sais ce que ça signifie ?

— Non, quoi ?

— Que tu es devenu un homme ! En quelques mois, tu as évolué à une vitesse ..! Nous qui pensions, ton père et moi, que tu ne ferais rien de ta vie. Dans ta douleur, tu as la sagesse d'une personne plus mûre dans un corps de jeune ! Tu as toute la vie devant toi et tu en connais déjà les mécanismes. Elle a raison Sarah, tu es extraordinaire. Tu as un destin hors du commun.

— Tu as peut-être raison et je crois que c'est aussi grâce à toi et à papa et à cette ''belle gueule'' ! termina Hugo, avec son sourire doux d'autrefois mêlé d'amertume.

Les journées passèrent. Ses parents et Maxime quittèrent Paris après le Nouvel An, pour retrouver leur quotidien à Vienne. La fête de la Saint-Sylvestre fut bannie cette année.

La campagne de Mars Attractive visant la fête de Noël battait son plein. Les affiches publicitaires dévoilant les nouveaux clichés d'Hugo donnèrent une nouvelle fois espoir à la gent masculine de lui ressembler en utilisant les produits de la gamme.

Un nouveau casting, réglementaire cette fois-ci, dénicha le nouveau visage de Mars Attractive. Un jeune homme, d'une beauté désarmante, mais nécessitant du travail supplémentaire pour Eva, la photographe. Seul Hugo, jusque là, bénéficiait d'un visage d'ange pouvant se passer de retouches.

En parallèle de l'embauche de cette nouvelle égérie dotée de quelques imperfections, Hugo et Fab assistèrent à la deuxième échographie d'Agathe. Le bébé avait bien poussé et cette fois-ci, ils ne tournèrent pas leur tête dans tous les sens pour reconnaître un élément du corps jusqu'à ce que l'obstétricien dise :

— Ah ! On voit le sexe…

Hugo et Fab, n'ayant rien vu, se regardèrent comme pour la première échographie d'un air interrogatif.

— Vous voulez le connaître ?

Agathe regarda Hugo.

— J'aimerais savoir. Toi aussi ?

— Euh… oui ! Oui, d'accord, répondit le futur père.

— Alors là vous voyez, c'est une petite fille !

Les trois amis firent « oui » de la tête pour ne pas vexer le médecin, mais en réalité, ils n'auraient pas pu déterminer la différence entre une fille et un garçon via l'écran.

En sortant du cabinet, Hugo invita Agathe et Fab chez lui pour débattre sur un prénom de fille. Il les invitait régulièrement pour briser sa solitude. Sarah lui aurait donné son aval. Fab proposa Giulia, un prénom féminin italien.

— Et tu sais quelle signification a ce prénom, toi qui parles italien ? demanda Hugo.

— Figure-toi que j'ai fait des progrès. Ça veut dire ''celle qui est parfaite'' ! C'est le prénom de ma grand-mère.

— Alors c'est super touchant, mais… non ! lâcha Agathe, désinvolte.

Fab lui balança les coussins du canapé. Délicatement, cette fois-ci, et en évitant le ventre très arrondi.

Les jours suivants, Hugo prenait du temps, les soirs, pour trouver le prénom idéal. Il envoyait régulièrement des propositions à Agathe et ils n'arrivaient jamais à tomber d'accord.

Hugo reprit le travail d'arrache pied. Sa nouvelle position de directeur fut acceptée par les salariés de VENUS COSMETIC, qui voyaient en lui une personne au moins aussi investie que Sarah. Il ne changea rien à ses méthodes. Il ne chercha pas à modifier l'empire qu'elle et ses parents avaient bâti. Justement, il essayait de réfléchir comme elle. De cette façon, il avait le sentiment de la maintenir en vie.

Il avait fait développer une des photos prises en fin d'après-midi, lors de leur première promenade pluvieuse à la tour Eiffel. Encadrée sur son bureau, il s'adressait à elle, via cette image. Lorsqu'il devait prendre une décision seul dans son bureau, il lui arrivait de lui parler. Puisqu'elle lui avait écrit qu'elle serait toujours avec lui partout où il serait, il lui demandait son avis, à voix haute. Ça le confortait dans certains choix. Il imaginait entendre la réponse qu'elle lui aurait soufflée et cela l'encourageait à poursuivre son engagement dans l'entreprise.

La solitude étant parfois difficile, il revit quelquefois Ludivine Rousseau dans son appartement avenue Bosquet. Il ne regardait même pas son visage. Cela le dégoûtait. Il fallait simplement qu'il libère sa testostérone de façon régulière. Ludivine lui servit de récipient pour éliminer ses hormones foisonnantes.

La chaleur humaine qu'elle lui offrait lui permettait de tenir quelque temps sans avoir besoin d'aucun contact physique. Il ne la saluait même pas en partant et, à présent, il ne lui réclamait plus d'argent. Elle s'en contentait.

Pendant ces journées passées au travail, il tissa un lien fort avec Tony. Le cousin de Sarah lui confia, au fil des jours, ce que sa cousine avait sur le cœur. Il lui révéla que les derniers jours de sa maladie étaient un enfer pour elle, mais que l'amour d'Hugo irradiait tout son être et allégeait ses souffrances. Il lui confia aussi sa réaction la première fois qu'elle le vit rue Saint-Dominique, sur sa trottinette :

« Tu ne devineras jamais, Tony ! J'ai croisé le plus bel homme de Paris… Il est incroyable, je n'ai jamais vu un tel physique. Il sera parfait pour Mars Attractive et je prévois d'autres choses pour lui. Je veux voir s'il a les capacités de tenir les rênes d'une entreprise comme la mienne, tu me suis, Tony ? »

Tony lui révéla que le simple fait de l'avoir croisé dans la rue l'avait rendue joyeuse et beaucoup plus vivante.

Hugo sourit à l'écoute de sa révélation.

— C'est dingue… La première fois que je l'ai rencontrée au bar, son visage m'était familier, mais j'ignorais où je l'avais aperçue.

— Elle est allée t'observer plusieurs fois, elle te pistait !

— C'est vrai ?

— Oui, je crois réellement qu'elle est tombée amoureuse la première fois qu'elle t'a vu, mais elle ne l'aurait jamais avoué, tu la connais !

— Quand je pense à tout cela, je suis abasourdi, je n'en reviens pas. Elle était là, elle m'a littéralement élevé vers le succès et moi je ne comprenais rien, au début. J'aurais pu la rendre plus heureuse, encore…

— Elle voulait un repreneur pour son entreprise, c'était son but, mais les sentiments ont pris le dessus. Elle était gênée de t'avouer son amour tant elle avait conscience que sa disparition te rendrait malheureux. Elle se trouvait égoïste de t'infliger ça, mais elle ne pouvait pas te résister.

— Elle a été tout sauf égoïste. Je la mettrai toujours en valeur. Elle m'a sauvé la vie. C'est vrai ! Je ne valais rien avant elle.

Tony apportait les éléments qu'Hugo avait besoin d'entendre. C'était lui qui la connaissait le mieux, il avait été son confident et Hugo trouvait du réconfort dans ses paroles.

Mars 2023

Le printemps chassa l'hiver. La nature endormie et figée reprenait ses droits. Les arbres bourgeonnaient, les herbes poussaient, les fleurs précoces dévoilaient leurs plus belles parures et les parfums exhalaient dans les parcs et les rues colorées de Paris. Le temps faisait son œuvre. Hugo souffrait moins. Il pouvait sentir l'aura de Sarah partout où il allait et ça le réconfortait.

Ludivine Rousseau insistait pour le revoir, mais il n'en ressentait plus le besoin. Il se rendit tout de même à son appartement pour lui dire qu'il ne viendrait désormais plus et qu'il effacerait son numéro. Elle piqua une crise dans le petit studio de débauche. Dans son déshabillé violet en dentelle, Hugo la trouvait vulgaire et dégoûtante. En voulant partir, elle le tira par le bras pour qu'il reste. Comme elle ne comprenait pas par les mots et qu'elle insistait, il utilisa la force. Alors qu'elle cherchait à le hisser vers elle, il la saisit en lui maintenant les bras et l'expédia violemment sur le lit et il partit.

— T'es un connard, Hugo ! Un gros connard ! hurla-t-elle, en se frictionnant les bras.

Elle pensait qu'elle ne recevrait plus un aussi bel homme et aussi jeune dans son appartement clandestin et son ego en prit un coup.

Hugo se sentit libéré en sortant de l'avenue Bosquet. Les choses commençaient à changer pour lui.

Vers la fin de l'hiver, il avait lancé un appel pour transformer un local désaffecté en temple de bouddhiste à proximité de chez lui pour tous ceux qui auraient choisi cette religion ou tous ceux qui souhaiteraient la découvrir. Des passionnés s'investirent dans le projet, et le temple ouvrirait ses portes au cours de l'année.

C'était surtout un sanctuaire construit en l'honneur de Sarah.

Hugo continuait de la faire vivre à travers lui. Dans la maison de Sarah, il trouva les livres sur le bouddhisme posés sur une étagère dans le salon. Il s'y intéressa. Il tenta la méditation et eut le sentiment de se rapprocher d'elle. Ceci dit, il avait encore besoin d'entraînement pour ne pas transformer la séance en sieste.

VENUS COSMETIC remportait un franc succès. Sarah avait vu juste. Hugo était la personne parfaite pour diriger l'entreprise. Les employés le plébiscitaient et les principaux distributeurs appréciaient avoir affaire avec lui. C'était toujours sa douceur et sa beauté qui influençaient les gens sur sa capacité à réussir. Et comme maintenant, il avait, en plus de son physique, la stature d'un PDG, nul ne lui résistait.

Hugo, jeune provincial débarqué à la capitale à l'âge de 23 ans qui ne connaissait rien aux affaires, à l'amour, à l'amitié avait réussi à mêler ses ambitions à ses racines modestes. Ce rêve surréaliste de fortune croisa celui d'une autre audacieuse : Sarah animée par son désir de postérité. Ces deux êtres, poussés l'un vers l'autre, unirent leur destin et comblèrent le vide émotionnel qu'ils ressentaient au fond d'eux. Bien loin des tourments que peuvent causer les désirs de gloire et de fortune, ils se sont simplement aimés de la façon la plus pure qui soit. Et ce sentiment fit élever le jeune Hugo et rendit la paix intérieure à Sarah.

Et bien qu'elle ne fût plus là pour apprécier les qualités de PDG d'Hugo, celui-ci la gratifiait tous les jours en continuant à faire fructifier l'héritage qu'elle lui laissa et qu'il savait, important pour elle.

Le 24 mars, Hugo reçut une bonne nouvelle que Sarah aurait acclamée. Les laboratoires indépendants réalisèrent les tests sur l'innocuité et l'efficacité de la crème antiride à l'huile essentielle d'immortelle et le produit fut validé par les laboratoires, donnant la possibilité à VENUS COSMETIC de la commercialiser.

Le soir-là, Hugo et Tony se rendirent au MACCHIATO pour fêter la victoire. Installés au bar, ils saluèrent Marcel qui avait conservé son haleine légendaire. Mais, cette fois-ci, Hugo ne plissa pas le nez et huma le souffle épicé de son ancien patron, comme s'il s'agissait d'une odeur familière. Ça lui rappela ses débuts parisiens, quand il n'avait pas de domicile fixe. Que de chemin parcouru !

Agathe chantait ce soir. Très enceinte, arrivée à terme, elle n'abandonna pas son café fétiche et ses fans. Elle ne chantait plus tous les soirs, car cela l'épuisait, mais s'y rendait de façon régulière pour habituer son bébé au son de la musique et à la voix mélodieuse de sa maman.

La tournée de Fab fut une grande réussite et il bénéficia d'un nouveau contrat pour une comédie musicale. Ses talents de chanteur et de danseur qu'il apprit sur le tas, furent remarqués par un autre chercheur de talents. Il vivait dans un bel appartement spacieux non loin.

Hugo et Tony enchaînaient les bières. Marcel félicita son ancien serveur pour son ascension sociale fulgurante et, comme à son habitude, il voulut s'en attribuer les mérites.

— C'est quand même un peu grâce à moi, dit-il en tirant sur les poils de sa moustache. Si tu n'avais pas été serveur ici, tu n'aurais pas rencontré Sarah.

Hugo, pour ne pas le froisser, accepta la remarque.

Agathe chantait à plein poumon *The Reason* d'*Hoobastank* et d'un seul coup, plus un son. Hugo se retourna immédiatement et il la vit se cambrer et tenir son ventre tout en serrant les dents. Son visage se crispa fortement et elle émit un gémissement dépourvu de mélodie et de rythme. Le concert était terminé.

Hugo courut dans la salle du bistrot pour arriver jusqu'à elle et la fit s'asseoir confortablement. Elle ne tenait même pas assise.

— J'accouche, hurla-t-elle !
— Merde ! exprima Marcel de toute sa puissance vocale. Y'a un médecin ici ? hurla-t-il.

Aucun professionnel de la santé ne répondit présent dans la clientèle du MACCHIATO. Marcel fit donc sortir tous les clients du bar sans les faire payer. Il prenait beaucoup sur lui, mais Agathe avait besoin d'intimité. Il appela aussitôt les secours. Hugo prévint Fab tout en massant les épaules d'Agathe, pour tenter de la détendre. Fab se mettait directement en route.

Agathe avait de fortes contractions et le liquide amniotique s'écoulait le long de ses jambes. Elle hurlait :

— Je vais accoucher ! Ça vient, je le sens ! Faut que je m'allonge.
— Quoi ? Euh… et c'est quoi l'eau par terre !! Marcel ? Ramène des serpillères !
— Ok et je fais bouillir de l'eau !

— Pourquoi faire, demanda Hugo, surpris.

— Pour l'accouchement !

— Non, mais elle ne va pas accoucher ici ! Et on n'est pas en 1850 !

— SI ! J'accouche ! se manifesta Agathe, qui avait besoin d'aide pour se positionner.

Fab arriva au MACCHIATO.

— Oh mon Dieu ! Tu accouches ? Moi, je ne veux pas voir ça, dit-il en cachant ses yeux de sa main gauche.

Tony qui constatait que tout le monde brassait de l'air autour de cette pauvre Agathe, décida de prendre les choses en main. Il la coucha sur une des tables près du bar et lui demanda d'inspirer et d'expirer. Installé près de son visage, ils se mirent à souffler tous les deux.

Trois pompiers débarquèrent. Ils déballèrent très vite leur matériel, prirent les constantes d'Agathe et l'un d'eux sentit la dilatation du col.

— Vous êtes en train d'accoucher madame.

— Je le sais, cria Agathe.

— Vous n'êtes pas transportable, le bébé est en train de sortir. L'équipe médicale va arriver. Vous avez de l'eau chaude ? dit le pompier en s'adressant à la petite assemblée réunie autour et complètement démunie.

Marcel s'empressait d'aller en chercher, derrière le bar, en glissant à l'oreille d'Hugo, au passage :

— Ah ! Je ne te l'avais pas dit ?

Deux pompiers restaient près du visage d'Agathe pour l'aider à respirer et à pousser de façon efficace. Le troisième pompier était à l'autre bout de la table, prêt à réceptionner l'enfant.

Agathe poussa quatre fois et le bébé sortit. Le médecin et son équipe arrivèrent au même moment. Les pompiers avaient géré parfaitement la situation.

Hugo fut bouleversé de voir cette nouvelle vie débarquer ainsi dans cette salle de café. Debout, face à l'équipe des secours qui s'agitait, il resta paralysé. Il ne voyait que ce petit être humain tout neuf, qui hurlait et bougeait ses membres dans tous les sens énergiquement comme pour dire ''Je suis là, c'est moi et je veux vivre !''

Cette volonté, à peine sortie du ventre de sa mère, se ressentait chez la petite fille.

C'est une conquérante, pensa Hugo. *La future PDG de VENUS COSMETIC.*

Il était fier. Son ami Fab, qui était parti vomir, le félicita et il le prit dans ses bras. Tony et Marcel firent de même et le petit groupe d'hommes se plaça comme des rugbymen lors d'une mêlée. Une sorte de câlin collectif, viril, empreint d'hormones masculines, venant célébrer la plus grande fierté de l'homme : devenir père.

Chapitre 15

Quelques mois plus tard, août 2023.

Céline et Michel faisaient plus souvent le trajet jusqu'à Paris. Hugo, millionnaire, pouvait leur payer le train autant de fois qu'ils le souhaitaient et il améliora aussi leur quotidien en complémentant leurs revenus modestes. Ils étaient fiers de leur fils et de leur petite-fille qui grandissait à vue d'œil.

Hugo fut généreux également avec Agathe qui s'apprêtait à changer d'appartement pour un autre plus cosy et de plain-pied. Cela faciliterait son quotidien avec le bébé. Ils se partageaient la garde d'un commun accord entre eux deux. Fab participait aussi à l'éducation de la petite fille et tentait de lui transmettre son accent italien. Tony la gardait également, de façon occasionnelle, lorsqu'Hugo décidait de l'emmener au bureau.

Hugo avait tissé des liens très forts avec sa fille au fur et à mesure du temps. C'était la seule personne proche de lui, qui ne le regardait pas avec compassion. Il n'avait d'autres choix que de se secouer et s'occuper d'elle l'avait *reboosté*. Elle demandait tant d'attention qu'il n'avait plus de temps pour ressasser les injustices liées à l'existence.

Malgré cela, Sarah l'accompagnait tout le temps, partout. La chanson *Behind Blue Eyes* était devenue une hymne la célébrant. Cet air de *The Who* ayant mis en musique plusieurs moments partagés avec elle, lui donnait le sentiment de se connecter à elle. Et lorsqu'il diffusait la chanson dans sa maison rue Saint-Dominique, la petite fille réagissait toujours de la même façon. Elle regardait intensément son père, il approchait alors sa main du berceau et elle attrapait son index de ses petits doigts potelés, et ce dès les premières paroles de *Roger Daltrey*.

No one knows what it's like
To be the bad man
To be the sad man
Behind blue eyes

Hugo pensait que Sarah se présentait à lui, de cette manière, par l'intermédiaire de sa fille.

Ce jour-là, il gardait, seul, sa fille âgée de cinq mois. Il la promenait en poussette le long de la Seine. Le soleil du mois d'août diffusait ses rayons les plus intenses. Il s'arrêta un instant pour regarder les reflets de la lumière laissant visible la texture de l'eau. Il se rappela son arrivée à Paris. Cela faisait un an maintenant. Il avait réussi le challenge qu'il s'était fixé en prenant le volant de sa voiture direction gare de Vienne : devenir riche !

Mais ce n'était rien à côté de tout l'enseignement qu'il avait reçu durant cette année. Il s'était découvert lui-même. Et dans ce chemin semé d'embûches, il était devenu quelqu'un.

Il avait fait la rencontre de la femme la plus forte sur cette terre. En le prenant par la main, elle lui transmit sa passion pour le travail faisant d'Hugo, le fainéant que ses parents a connu, un des hommes les plus influents dans le monde de l'entreprise.

Hugo marchait droit. Au loin, les passants pouvaient apercevoir le nouveau visage de Mars Attractive sur les pancartes parisiennes qui scindaient les rues. Dans cette ambiance brûlante du mois d'août, les Parisiens se déplaçaient dans l'atmosphère étouffante et polluée, concentrés sur leurs problèmes du quotidien. La vie poursuivait son cours.

La petite fille, bien assise dans sa poussette canne, gazouillait. Cela attira une femme d'un certain âge, passant à côté. Elle retira Hugo de ses pensées.

— Quel âge a cette petite merveille ?

— Cinq mois, répondit poliment Hugo qui avait pris l'habitude d'être sollicité par toutes les femmes âgées depuis qu'il était papa.

— C'est incroyable, ses yeux !

— Oui, je sais…

— Ça fait comme des pépites d'or, on vous l'a déjà dit ? Ce sont les yeux de sa maman ?

— Non, ceux de la maman sont marrons. C'est sûrement l'héritage d'une femme exceptionnelle… une femme que j'ai bien connue.

— Et je peux savoir comment s'appelle ce petit trésor ?

— Nara.

— C'est un prénom rare. Il veut dire quelque chose en particulier ?

— Cela veut dire « éclat du soleil ».

— Ça lui va très bien, en effet !

La dame ne dit plus rien, se recula d'un mètre et regarda Hugo, qui tendait la main à la petite Nara. Celle-ci attrapa l'index de son papa avec tous ses petits doigts et le fixa tendrement. Hugo ne se lassait pas de plonger son regard dans ses yeux parsemés d'étoiles dorées.

FIN

Artistes et œuvres évoqués :

Mario Puzo

Eric Clapton

Life on Mars de Dawid Bowie

Stand By Me de Ben E.King

Hello Sunshine de Bruce Springsteen

There Must Be An Angel d'Eurythmics

Scarface de Brian De Palma et son personnage de fiction *Tony Montana*

Sous le ciel de Paris

Wake Up de Moondeity

Julia Roberts – *Pretty Woman*

The Reason d'Hoobastank

Et le leitmotiv musical de ce roman *: Behind Blue Eyes* de The Who et son chanteur Roger Daltrey

Table des matières :